一镜到底拍不出的心事

是你进我退的试探剧情

T R U E

一镜到底拍不出的心事　　是你进我退的试探剧情

真相是真

西皮　主编

逢·场·入·戏

长江出版社　漫娱图书

01.

早年的时候，A 和 B 还是同团队友，粉丝经常拍到两人一起逛街。

之后，A 在节目上自曝，说印象最深的事是女友喝醉了让他去接，还让他在街上吻自己。A 犹豫了，女友就说，这是他俩之间无法逾越的障碍，然后 A 就用外衣套着两人的头接吻了。

GUESS WHO THEY ARE

A .... B ....

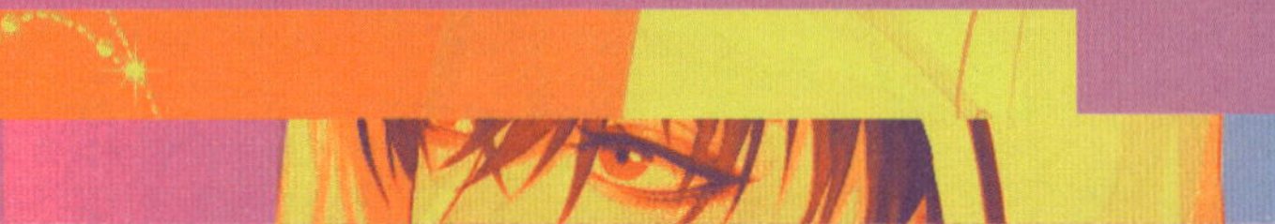

02.

A 过生日，一大帮人一起过的，B 第一个发的生日视频并配字：愿你所遇之事皆如意。

过了一会儿 A 回复：愿你所行之路皆己愿。

GUESS WHO THEY ARE

A .... B ....

03.

@52HERTZ 摄氏度

A 和 B 是今年某综艺的选手。

B 被淘汰之后直播，有人问他们什么时候团建，B 说等 A。

A 在新团队被问到最欣赏的学员是谁，他说他比较欣赏 B，因为舞台呈现的东西都是他私下努力得来的。

总决赛的时候 B 在选手席举着 A 的手幅晃啊晃。

A 走到旁边放鞋子的时候 B 就一直跟着守在旁边。

A........ B........

04.

@真相是真

A 和 B 是老乡，平时在宿舍就很喜欢打打闹闹的。

有一次 A 和 B 录制花絮，A 非要和 B 合唱《最长的电影》这首歌，A 说："希望我们的电影能一直'长'下去。"

后来，A 没能如愿成团。

那天晚上，B 走向成团位时一直在回头看 A。

A 大吼着："你走啊。"

A........ B........

05.

@CHARONSECRET

A 和 B 是国内前限定顶流男团的成员。

最开始这个团还没成立的时候,他们去录制了一期节目。其中一名团员创造了一个独特抱法,大家都在笑着模仿,然后 A 和 B 看了眼对方也跟着模仿拥抱。

他们今年又同时参与了一档节目的录制,见了面又相互拥抱,似乎回到了那次节目。

A........ B........

06.

@-FSSSSSS-

前顶流男团的 A 和 B。

A 生日的祝福视频里队友们被问 "A 像狮子还是猫",其他队友都说像狮子,只有 B 说像猫。后来又被问 "如果 A 微信找你会是什么事",队友都说 A 是有事才找他们,B 说 A 就是没事也会找自己。

A........ B........

07.

A和B吵架了，A过生日的时候B没有来，但是打了一通电话。

B："A，生日快乐，我没有给你写信。"

A："我以为你给我写信了。"

B："你生日都没有邀请我，我为什么要给你写信。"

A："你知道为什么的。"

B："那我不要面子的吗？"

A："那我呢？"

B："我给你打电话还不够吗？"

A："够了。"

A.

B.

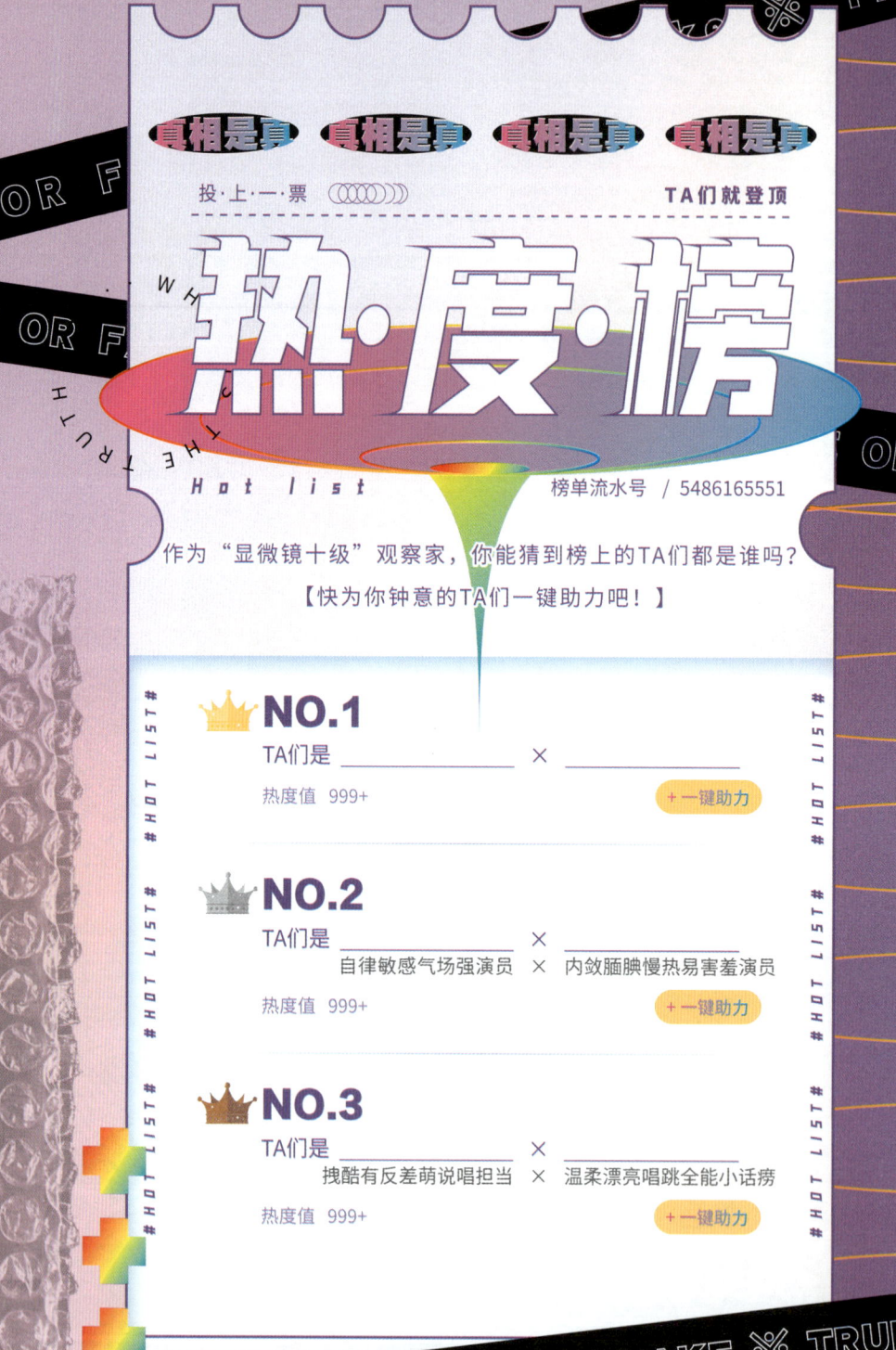

NO.4

TA们是 _____ × _____

坚持执着有才华鼓手 × 呆萌努力上进歌手

热度值 999+   + 一键助力

NO.5

TA们是 _____ × _____

开朗爱笑暖心超能少年 × 金句频出锦鲤运少女偶像

热度值 999+   + 一键助力

NO.6

TA们是 _____ × _____

正气理性深沉金属嗓歌手 × 清冷感性绝美音域广演员

热度值 999+   + 一键助力

NO.7

TA们是 _____ × _____

果敢大胆潇洒代理人 × 乐观按部就班乖乖女

热度值 999+   + 一键助力

NO.8

TA们是 _____ × _____

幽默技术流前职业选手 × 搞笑活泼正能量小可爱主播

热度值 999+   + 一键助力

#搜索你的本命#

属性连连看

霸道

清冷

毒舌

可爱

天然呆

严谨

高傲

老实

目 录

116 樱桃信条 SIX
文／姜桃不限

134 十四夜诗 SEVEN
文／松眠徊吉

164 他的月亮花 EIGHT
文／俐俐温

178 贪余乐 NINE
文／红姜花

溺毙酒精中的幸福

文／黑羽霞子

一个码字爱好者，现混迹于欧美各圈，欢迎到Lofter找我玩@黑羽霞子

他从未想过他会失败得如此彻底。

WHAT IS THE TRUTH

文/黑羽霞子

一个码字爱好者,现混迹于欧美各圈,
欢迎到Lofter找我玩@黑羽霞子

　　T 先闻到的是风的味道。

　　带着一点咸腥的气息和潮湿的凉意,渗进被潮气浸透发酵过的湿软木板,夹带着一些盐巴和干鲱鱼的味道。然后是阳光,不是那种热烈地透过窗帘缝隙大把泼洒进来的灿烂的金色阳光,而是和海雾一样,黏糊糊又阴魂不散地逐渐侵入房屋,渗进骨髓,散发出潮热的暖意,汇报着新的一天的到来。

　　T 努力睁开干涩的双眼,用手指隔着眼皮按了按布满血丝的眼球,酸涩的疼痛让他产生了一瞬间短暂的幻觉,直到现实再次将他吞没。

　　今天是 M 死后的第五年零三个月。

　　他嘟囔着把脸上的胡须从鼻子边上拂开,肮脏的粗麻布手套因为昨晚打翻的蘸酱而变得有些黏糊糊的。但 T 并没有注意到这一点,他挣扎着从藤椅上站起来,稳住天旋地转的脑袋,抗拒着来自腹部的重力拉扯。

　　他站稳了,然后摇摇晃晃地走向乱得一塌糊涂的桌子,从散乱的报纸里翻出也许是昨天还是前天剩下的冰冷炸鸡,举到鼻子边上用力地闻了一下，然后耸耸肩端到了餐桌旁。路上他又不小心踢了一脚摆在地上的啤酒桶，里面的冰块早已全部融化，不能起到任何冷却作用。K正躺在沙发上睡得香甜，T垂下头看着他，有一瞬间仅剩的那只蓝眼睛里荡漾出湖水一样的粼波，像神域的天空，又像几光年之外的星云。但下一秒这种错觉就不见了，那里还是浑浊不堪的发散着臭味的死水沟。

他坐下来，揉了把脸，吸了一下鼻子，似乎是想笑，可脸上的肌肉却一动不动，拒绝被牵引。于是他就那样面无表情地捡起地上的游戏手柄，第无数次按下了"新游戏"的按键。

他刚来到这里的时候，一切还不是现在的样子，目光所及都是荒芜和破败。这是某个荒废的渔村，除了沾满鱼腥的旧船与挂满灰絮的渔网，就全是灰头土脸的神域人——在一个响指后侥幸生存下来的民众。

在他不在的时候，武神尝试着安抚了剩下的民众，她带着半数的人从那艘飞船上逃离，一路来到地球寻求庇护，拼命让暴动的人群冷静下来。他们恐惧、愤怒、焦虑，惴惴不安地聚在一起，武神用自己在神域积累下来的资历和威望让他们冷静下来，告诉他们等T，等他们的王回来后，一切都会好的。

可他们没等到T，却等来了一声响指。

原本就只剩半数的人，再次失去了他们一半的同伴。

妻子看着丈夫离去，朋友看着朋友消逝，母亲怀中的襁褓只余一捧灰烬。

人们的不满在这一刻到达了顶点。

偏偏T又在这时拼命赶了回来，想要照料他的子民们，但他脸上属于战败的那抹茫然却刺激到了他们。尖叫、怒骂、控诉，如潮水般在人

The pleasure of

群中爆发，失去了一切的人们面对无解的灾难已经失去了理智，他们在悲痛面前逃无可逃，只剩下愤怒的应激反应，他们抓住身边最好责怪的靶子，把自己的无力和绝望全数倾倒在对方身上。

所谓的神族，在此时此刻，也不过只是一群凡人。

一群丑陋、慌乱而无助的凡人。

他们抓住T的斗篷，摸着T的战甲，跪在T脚边，哭喊着为什么他们的王不能像以往每次一样，拯救他们于水火之中，为什么不能像前任神主一样，守护九界千年无动乱，为什么在他们最需要他的时候，他不在场。他败了一次又一次，他根本没有能力保护他发誓会守护的子民。

就像矮人王说的一样,神王本应保护他们。因为他是神！因为他是王！

如此无能，妄称为王！

如此无力，凭甚号令！

甚至有人开始提出质疑，这一切悲剧的源头都出自T。如果他够强，如果他控制住了死神，如果他没做出那个毁灭他们所有人故土的愚蠢决定，如果他没有准许L登上船舰，神域也不会陷入一片永恒的火海之中，他们也不会流落异乡，更不会在半路上碰到屠杀，流落至此。

可笑至极，魔方本就保存于神域，无论如何，这场劫难也逃不过。但现在的人们又哪儿来的理智去想，他们只想推脱，把罪过推脱出去，找个人责怪。只要都是他的错，他们就是无辜的，他们就不应遭受这些，他们就能再幻想一点点本应有的幸福生活。

惊涛骇浪翻涌，暴雨将至，阴沉的天空将整幅画面卷成灰色。喧嚣之中，T独立于港口的木栈桥上，鲜红的斗篷坠于海面之下，雷电将他背后的天空劈开。在他的身前是无数扑倒的子民，他们手指指天，将头扬起，口中吐着责骂的话。而他们的王，张开双臂，将自己钉在十字架上献祭，沉默着接受着这一切。

最后是武神喊止了人们，她在之前的安顿工作中颇有功劳，资历也比T更老，更是一代神族人心中的符号和传说，她象征着安定和胜利。

大家开始冷静下来，并在武神的指挥下逐渐离去，最后只留下T一个人站在原地。

望着这一幕，T并不感到痛苦或委屈，甚至连愤怒都没有，他已经经历了太多这种情绪，以至于一丝都燃不起来了。他平静得可怕，像漆黑的海底深渊，没有一丁点儿生机。

他的心早就在那艘飞船上，随着他的弟弟一起死去了。

武神解决了暴乱后回来安慰他，但T只是摇摇头，哪怕是他也看得出来，此刻他的国家，他的子民，不需要他。

"你应该砍头的，"在记忆里M对着他狞笑，"不然你就不配为王。"

他不配。

他能做的，就是作为一个让他们怨恨的符号，浑浑噩噩地存在着，转移他们的悲痛，由获得了民心的武神代表新生和光明，引领他们开始新的生活。

新的生活，这简单的几个字，说起来容易，做起来何其难。

T拎起地上的斧头，一步一步缓慢地走向了山坡上的木屋，门在他的身后缓缓关闭了。

神域有武神看管，T就全心投入了联盟的追踪任务之中，每日都抱着战斧坐在角落里一言不发。浣熊说他在想着他的失败，他也不知道，因为他什么都没想。

他在哀悼，那是不能说出口的哀悼。

不过复仇之火还在，这股悲哀的愤怒是现在的T还能行动的全部动力，他在脑中构思着无数种杀死M挽回一切的方法，他想了太多种，几

The pleasure of

乎就要走火入魔。他幻想着，他这一次能成功，这样就能抵消之前的失败，这样就能挽回一切，这样他就能再度和自己的子民说话，再次成为一个值得信任的王。

他要让 M 的那句诅咒永远消失。

二十三天后，他们迎来了机会，残存的复仇者们奔赴那个遥远的星球，蓄势待发地等着这最后一战。

T 从未想过他会失败得如此彻底。

M 死了，死了，他杀了他，亲手杀了他。

可为什么一切都没能改变？

可为什么他还是没能得到拯救？

仇人死了，死得简简单单，轻轻松松。

现在他这一腔绝望与愤怒，再去向哪里诉说？

"你应该砍头的，不然你就不配为王。"

他照做了，可还是如此无能，如此不配为王。

他再次回到自己的领土，"新神域"的牌子已然立起，新的生活似乎就要从这里开始。

但是 T 的生活已经结束了，他关上了那扇门，再也没有出来。

在最初的三个月里，他会在窗户后面偷偷看着自己的子民捕鱼劳作。

在他不在的时候，一切都是那么欣欣向荣，大家互相勉励，打着招呼，拾捡起自己残破的生活努力继续。他出去过，去和他们打招呼，可那种虚假的释然立刻就从他们脸上消失了，就好像 T 这一身伤疤也是他们心上的伤疤，他像是个灾难的符号，每时每刻都提醒着他们那个繁华的神域的没落与沉寂。

后来T就很少再出门了，再渐渐地连窗户也不开了。他知道武神做得很好，他何必再去画蛇添足。

你的子民需要你，武神曾这样和他说，但T只是笑笑，他知道，他们都知道，这份需要有多沉重。

也许现在还不是时候。

三个月后，当子民的悲痛期过去，安下心来的T这才感受到自己心上的那个无法愈合的巨大伤口。

鲜血潺潺从幽深的孔洞中流出，泼洒在木板地上，化作梦魇一般的阴影，无论T走到何方都阴魂不散。

他这才意识到，自己也是在悲痛着的，他想做的那个无论遇到何事都能笑着面对的天神倒下了，他不行，他难受，他也想流泪，也想号啕大哭。他累了，想躺在什么人的怀抱里倾听对方的安慰，给予他一点足以坚持下去的动力。

但是没有人在他身边，没有人能够理解他，他的母亲、他的父亲、他的姐姐、他的弟弟、他的战友、他的朋友，已经一个都没有了。

就连走出门到那条他从小到大不开心时最喜欢去的河流旁，他都做不到。

因为那河已经不复存在了，连同他的家园一起。

他现在在哪儿？

他在谁的身边？

他在干什么？他接下来要干什么？谁又能来教教他？

他生而为王，一辈子只有一个目标，成为神域的王。可当这个目标不再存在，他又该去做什么？

一千五百年里，T头一次迷茫了。

在第一年的后半段时间里,他开始缅怀L。

一切仿佛就发生在昨天,在他属于神的这五千多年的洪流中,过去的种种悲剧不过发生在短短的两天之内。

清晨他的父亲去世,中午他的子民流离失所,傍晚他最爱的弟弟横尸身前,午夜他的子民惨死异乡,第二天的太阳升起后,他失去了一切挽回的机会。

那颗金色的解药曾经离他那么近,触手可及,流连指间,可他却白白错过了。

"你应该砍头的,不然你就不配为王。"

他的头昏沉沉地疼。

在夜晚无人的时候,他终于可以放肆起来,用被子堵住嘴,悲恸地哭出来,但是当白天到来时他就必须恢复如常。

一个王可以英勇,可以昏庸,却永远不能把自己的脆弱与绝望传染给他的子民。

他想念L,从未如此想过,这份痛苦淤积在他心里最深最深的地方,无法消散。

他听说队长最近开始给人做心理辅导了,他不是没有想过去找人谈谈,却在最后一秒打消了这种荒唐的念头。

只消动动脑子,他就知道事情会向着什么方向发展。

他的超级英雄朋友们,会露出尴尬的表情,彼此查看对方脸上的神情,努力做出感同身受的悲痛表情,拍拍他的肩膀想要安慰他,又不知话从何起。

他们可以说谎说他们理解他,但心里却想着这不是什么大不了的事情。L是个坏人,一个罪大恶极的杀人犯,他本也该死,拿走魔方是他一如既往的选择,这是他的本性,你不能为了他这种愚蠢的行为而悲伤什么。

T想起了他曾经从朋友口中听到过的那句不加掩饰的"谢天谢地"。

他也不能对神域人倾诉，他们只会露出鄙夷的神情，在他们心里，是L祸水东引才带来了第一次屠杀，自作自受似乎最符合一个邪神的命运了。

浣熊也许会懂一点儿，但他并没见过L，并不能真的感同身受。

L与他之间的关系，是这九界中最孤独的感情。

于是他放弃了，在其余同伴们聚在一起互舔伤口、彼此疏解对方的悲痛的时候，他选择了一个人躲在渔村的小木房中，一遍遍将几乎破土的撕裂般的心碎压回胸中，不让它看起来太过明显。

发生在那个飞船上的惨剧和L为了挽救自己的绝望之举，自始至终都只有他一个人知道。

好一个神话。

第二年他活在虚无缥缈的幻想之中，猜测着L会再一次死而复生，他和路上碰到的每一个有着绿色眼瞳的小动物打招呼，会小心翼翼地捡起偶尔爬进房中的蛇，但一无所获。

第三年他开始绝望，那种巨大的绝望感直到此刻才彻底从心里完全漫出，恶劣地将他的精神吞噬殆尽。

没有人主动来开导他，没有人关心他的现状，于是他任由那份堕落越长越大，好像这样就能抵消他心中的愧疚一样。

T不是没有尝试过去找L。

起初，每当夜幕降临中庭，人群安然入睡的时候，T总会拿起战斧，一个人悄悄地溜出门去，登上被他藏在山间的旧飞船，按照星际指南上

的字母顺序，探寻一颗又一颗星球。因为他的弟弟是他所见过的最聪明的人，无论遇到什么困难总是有办法逢凶化吉，金蝉脱壳。

也许这只不过是L的又一个小伎俩，一个为了保全他们双方而不得不使用的小花招，一个谎言，一个魔术。

他宁愿是那样，宁愿让他的弟弟欺骗自己，这样他就能够在再次与他重逢时，毫无心理压力地拍着手掌大笑起来，说出一句："哦，这次你又骗到我了，L。"

众神不死，除非诸神黄昏，否则他们只会永恒地消亡并重生。

所以T一直心怀希望，那如星火般卑微的最后的希望，去相信他的弟弟真的会作为孩童重生在某个遥远的星系上，只是在等待着他的发现。

但那渺小的、廉价的希望，最终也随着旅程的结束而彻底破灭了。九界之中，已彻底没有了L的痕迹。

这时T才想起来，和他们不同，L并不是纯种的神域人，他身上被施舍而来的半个神格，早就在数年前下狱时被彻底收回了。

若非奇迹诞生，L是无法作为神祇重生的。

T所有的尝试瞬间又都成为了最不堪的笑话。

T在这数年间，无数次梦到那个夜晚，那个他失去了自己最后的、最爱的亲人的时刻。

他应该死在那里，那应该是他，应该是他为了保护自己的弟弟而战死，那不应该是L。

求你了，不要是L，他那么怕疼，不应该是他。

他没能救下他。

是他的错。

他应该死。

可他为什么还活着呢？

这些诘责每日都会在他脑中重现，如此反复。

T想要忘记，想要摆脱这种折磨，他开始喝酒，期望酒精能够短暂地截获他的神经，让他在虚假的轻松中获得一丝快慰。

可他尝遍了地球上的烈酒，无论是伏特加还是龙舌兰，它们都无法让他那属于神族的大脑麻痹分毫。

他连瞬间的堕落和解脱都不被允许拥有。

于是他又放弃了，既然无论什么酒都无法将他喝醉，那他宁愿带上一桶劣质的啤酒，坐在那里喝上一整天，寄希望于依靠数量终有一日能将自己灌醉。

却也只是奢望。

第四年，K敲响了他的房门，来看看他是不是还活着。

和神域人不同，K身上更多的是一种颓丧气质，今朝有酒今朝醉，无论发生了什么苦难，都如同眼前云烟，只有此时作乐，没有未来的担忧。所以他闭口不谈T如今糟糕的人生，只是抱着游戏手柄进来问他自己能不能蹭个WiFi。

这让T又想起那些他和L一同在其他星球并肩作战的日子，虽然短暂，却无比快乐。

他们卸下心防，大闹一场，那是现在的T脑中仅存不多的欢乐时光了。

于是他留下了K，只是为了再感受一次那种幻觉。K把游戏介绍给他，T盯着屏幕里那片完美而虚假的世界，突然产生了一种强烈的向往。

看啊，死了的角色还能复活。

看啊，做错的选择还能读档重来。

如果他也能重来的话……

不知从什么时候起，T就和K一样开始沉迷游戏，这里没有绝望，没有悲伤，只有网线上一群一样失意的混蛋们，挤在同一个服务器里聊

以自慰。

多好的世界。

完美到令 T 想吐。

第五年，浣熊叩响了他的房门，想要他和他们一起去拯救世界，他们说现在有了机会，有希望能救回所有人。

T 很想大笑，他想问所有人是指什么人？

他的母亲吗？

他的父亲吗？

还是他的 L？

他在宇宙中那被屠杀半数的子民？

就算救了，他也只能带回四分之一，剩下的那四分之三亡者的亲属，反而将活在更加沉重的悲痛之中。

这之中当然也包括他自己。

但当望着他过去的同伴们恳切的眼神时，他再一次听到了那个声音，不是 M 临死前的嗤笑，也不是他噩梦中无情的旁白，而是更加温暖、更加熟悉的声音。

"诸神不死，"那是父亲浑厚的声音，"T，诸神不死，他们只会消亡。你心中的神呢？他死了吗？T，我的儿子，神域最后的雷霆之神已经死了吗？"

"每个神都有他们自己的命运轨迹，孩子。"那是母亲温柔的声音，"也许你可以管这叫宿命，但起码，我们每个人都有能力去书写属于自己的故事。"

"我还以为你们只是存在于神话中的角色，是假的、虚构的，随着人类的历史发展和活动所编造出来的故事人物呢。呃，所以，是先有了你们才有的故事，还是因为有了神话才诞生了你们？"那是 J 曾经问过他的问题。

"为什么要说谎？真是个有趣的问题啊，我的哥哥，因为谎言就是故事，而你不觉得我讲出来的这个故事，十分吸引人吗？"那是 L 曾经给过他的回答。

所以现在呢？

如果他站起身来，跟随着超级英雄们离开，用自己的手去将神域停滞不前的故事继续书写下去，如果他一直不停地、不停地走下去，就像这片大陆上最初的人类，寰宇间第一双张开的眼睛，篝火旁第一句随着竖琴吟唱而出的诗句一样，那么这个属于他的神话，是否还能再开启新的篇章呢？

如果乐声四起，瓦尔哈拉的大门开启，在那片白光之中，他是不是就能再见到……

T 意识到了什么，他猛地推开膝头上散落着的空酒罐，任凭坠落地面的铝罐将残存的酒沫洒得满地毯都是。

他激动地环视房间四周，但那种感觉却转瞬即逝，只留下了一个强烈的念头，一个模糊但强烈到再多的绝望都无法扑灭的念头，那是一团黑色残烬里唯一的余温，近乎湮灭，但无可覆灭。

T 的视线落在手边的战斧上，随后回到面前的同伴身上，他们正焦急地等待着他的回答。

"飞船上有酒吗？"他咧开胡须下的嘴角，问道。

于是属于神明的新篇章，此刻开启。

END

WHAT IS THE TRUTH /// [TRUE OR FAKE ?]

RENJIA

TRUE | **OR** | **FAKE ?**

ZHENXIANGSHIZHEN IV

RENJIANLIU

WHAT IS THE TRUTH / // REN JIAN // LIU LANG

WHAT IS THE TRUTH # / /THE/RENJIANLIULANG/ ✘ ✘

人间流浪

rén jiān liú làng

文 //// 垂柳边

墙头跨栏选手，梦想是系马高楼垂柳边。

人生有八苦，神明有五衰。
一饮一啄，俱是前定。
分离聚合，都有来因。

WHAT IS THE TRUTH /// [TRUE OR FAKE ?]

文/垂柳边

墙头跨栏选手，
梦想是系马高楼垂柳边。

01

姜蒙是在战场上把清君捡回去的。

那会儿，流寇和守军的战斗刚刚结束。

姜蒙顺着小路走过来时，战场上的血还没干，血沿着尸堆边缘，流成一道细细的红河。

他不忍细看，他在原地站了一会儿，回忆着之前背过的超脱咒。

"超脱一切，来世沾恩……世间一切横死冤魂，皆能被此咒文超度，是大慈悲，大造化。"

咒文念到一半，他又从衣襟里拿出一块布来，罩在还能辨认出形状的人头上。

以他现在的力量，没法让每个枉死之人都入土为安，但有块布遮住头脸，也能为死者保留最后的一点儿体面。

灰布罩下去，他正欲捡起石头盖住角落，一只手从布下挣脱出来，按住了姜蒙的手心。

那只手细细白白的，带着稚嫩的触感。

姜蒙一愣，布下面传来窸窸窣窣的响声，然后，一个披散着头发的小孩从尸体堆下钻出来，就这样和姜蒙对视。

这小孩的头发，竟是全白的。

"你……"

姜蒙一路向北，孩子见过不少，却头一次在死尸堆里看到这样干净清秀的小孩。

小孩打断他的话："你是谁？这是哪儿？"

他虽然脸上沾着血污，但身上的衣服穿戴得齐整，衣料上还绣着鸾鸟和缠枝花纹，一看便是个贵家小公子，难怪会这么沉稳。

"我是姜蒙。这里吗？是北境的战场。"

姜蒙一面说，一面伸出手去，小孩在尸体堆里埋了这么久，想来体力消耗得差不多了。

他记得自己在门派里受刑后的第二天，当时，自己是希望能有只手来拉自己一把的。

小孩抬头看他，目光带着点古怪的凉意。

姜蒙被他看得心里一惊，还没抽手，对方便握着他的手腕，借力站了起来。

……这孩子，力气可真大。

姜蒙暗自看了眼被掐出红痕的手。

"有吃的吗？我饿了。"

小孩站起身，衣袂沾了血，活像染红的鸟羽。

这样矜贵的小孩，之前在家里也一定是受尽万千宠爱的……

姜蒙兀自摇摇头，从怀里掏出一块掺着榆树皮的馍馍，递了过去。

"你试试这个吧。"

小孩默不作声地咬下去。

姜蒙发现，他吃东西的样子全无享受，牙关上上下下地交错，倒像

＃ WHAT IS THE TRUTH /// [TRUE OR FAKE ?]

是工匠干活一样。

很快馍馍只剩下一点碎屑。

小孩拍了拍掌心，闷声道："干，涩，不好吃。这就是凡间的食物吗……"

姜蒙只当对方是没吃过苦的小公子，又问："你还记得你家大人住在何处吗？"

这样的小孩，不管什么时候丢了都是大事，若不早些送回去，又得连累许多无辜仆人的性命。

"没有大人。"小孩皱了皱眉，"醒来，我就在这里了。"

他说得坦荡，姜蒙却听得一头雾水。

"那……你叫什么？"

正逢战乱，风里都带着淡淡的血腥味。

姜蒙每说一句话，就觉得自己喝进了一口血。

"我叫……你叫我清君吧。"小孩说。

"好吧，清君，你从哪儿来的？"

"你是想把我送回去？"

清君似笑非笑地看着他。

没等姜蒙说什么，清君又道："我来的地方，暂时回不去了。"

"……也就是说，你现在无处可去？"

这回，姜蒙听懂了，大概又是深宅大院里争宠夺嫡的故事。

小孩点点头："你要去哪里？"

"我？"姜蒙失笑，"我也无处可去。"

他是个罪人，十年前放走了门派抓住的狐妖，被打碎了浑身经脉，在这苦寒北境赎罪。

天下之大，却没有他的容身之处。

远远传来军队开饭的号角声，马蹄声响在冷风里，像是什么野兽在呜咽咆哮。

姜蒙看见清君眨了眨眼睛，眸光宛如琉璃。

"既然这样，我和你一起走吧。"

"这……你太小了。"姜蒙失笑，他一身蓑衣是以羽毛和破布条扎成，苦修的日子荒凉得连肉味都少闻，又怎么养得起一个小孩？

"就这么说定了。"清君不听他的话，直接捏住了他的一根手指。

"跟我受苦，你图什么啊？"姜蒙去掰他的手，却发现掰不开。

小孩不说话，只紧紧抓着他，暖热的体温烙在那一块皮肉上，仿佛一点星火。

男人无奈地松开了手，低头去看清君。

锈红色的夕阳照下来，映在清君眼里。

姜蒙怔了怔，这是第一次，念完超脱咒以后，他心头没有那般浓重的悲凉。

02

一个无妻无子的漂泊男人，带着个长相出挑的小孩，在北境实在太惹人注目了。

姜蒙分得清北境士兵那些不怀好意的眼神。

等他再一次抄着武器教训了两个心怀不轨的家伙后，他便明白，是时候离开了。

"我们离开这儿吧。"

他跟清君商量时，小孩已经换上了一身灰布衣服，正把一头长发从领口里捞出来。

最粗糙的灰麻布穿在清君身上，也被衬得贵气了起来。

闻言，清君的眼珠滑动了一圈："怎么了？"

"这里，不适合小孩。"姜蒙耐心地跟他解释，"有些大人很坏，他们会伤害小孩，只是因为你长得好看。但这不是你的问题。"

清君放下长发，点头："好。"

若不是有清君在，姜蒙可能终其一生也不会离开北境，既因为愧疚，也为了赎罪。

他年轻时本来是个修行者，带领门下师弟师妹捉住了狐妖，却在狐妖的妖丹里看见了一枚人类元神。

他放走了狐妖，而后那狐妖祸弄朝纲，带来了后来延续十年的战争。姜蒙就此被逐出师门。

他全身经脉都被打碎，并被下令不得再踏入门派一步。

掌门甚至在他的血脉里打入封印阵法，让他连最简单的御火诀也施展不得。

他自知理亏，便赶赴北境，为亡魂念诵超脱咒。

能度一个，便是一个。

当初他没有放开清君的手，也有这样的原因在里头。

清君是在离开北境的路上知道这些事的。

姜蒙和他一行赶路，担心他无聊，便时常同他说话。

但清君并非普通孩童，话题时不时就被清君三言两语绕回到姜蒙自己身上。

很快，姜蒙就像竹筒倒豆子一样，把自己的情况交代了个底朝天。话说完了他才觉出不妥。

可清君反而说，很好。

"哪里好啊。"姜蒙苦笑，"我是天地不容，哪里都去不得。"

"你是个好人。"清君说。

他目光闪了闪，又道："会有地方能容下你的。"

"承你吉言。"

姜蒙伸手过去,想摸他的头,被清君轻轻扭头,避开了。

男人笑了,肩膀上的羽毛也跟着一晃一晃的。

03

姜蒙年轻时受的伤太重,那场误放狐妖的事对他的打击又太大,身心两重打压,表现在外就是他急速地变老,然后病痛缠身。

清君不止一次看见过姜蒙呕出血块,吐在布里,布料瞬间嫣红一整片。

彼时,他们已经从北境来到了中原。

春日的战火到了这里只剩下一点余烬,虽然还是遍地苦难,姜蒙的超脱咒也未有一日停止念诵。

但到底,人在这里,比在北境活得更像人。

"你应该去看看大夫。"

又一次,清君看着他把浸血的布放进水盆里淘洗。

早春微寒,水还是很冰,不一会儿就把他的手冻得通红。

"不必了。"姜蒙摇摇头,把洗好的布晾在竹竿上,回头又问,"晚饭想吃什么?"

清君看着他的背影,说:"姜蒙,你既想救人,又对自己的过去觉得愧疚,那为什么不对自己好一点呢?"

"既然是赎罪,如果死得太早,也太没有诚意了。"

姜蒙浑身一僵,待他回头,清君已经离开了,只有小孩说话的余音,如同抓不住的蝴蝶一样飘散无踪。

清君不是普通的小孩,姜蒙早就有所感。

WHAT IS THE TRUTH /// [TRUE OR FAKE ?]

若他真的手无缚鸡之力，又怎么能在北境的战场上活下来。

但他切身体会到这一点，却并非因为清君近乎无情的话语，而是一个夜晚。

一个，他从昏迷中醒来，便看见清君守在他旁边的夜晚。

那晚，他本是去街角换取米面，却在回程途中病痛发作，还没把米装回口袋，就倒了下去。

身体虽然难以动弹，但曾经修行的底子让他勉强保留了一丝神智。

他听见乞丐翻动他口袋的摩擦声，也听到男人油腻黏糊的说话声。

"这家伙……身板儿不错啊……"

乱世，人的命贱，轻易就能被一场战争扔进蓬蒿里，人活像野狗蛆虫。

剧烈的喘息带着臭味，缓缓移动到他的鼻腔附近。

姜蒙觉得自己的心跳骤停，他无意识地握住了手中的鞭子，又在下一刻，被那些人轻易地踢开。

视线彻底变得黑暗，昏迷之前，最后进入耳朵的，是孩童冰凉如霜雪的声音。

"放开他。"

再一次醒来时，姜蒙只觉得腰部剧痛。

他掀开衣服一看，之前倒下时磕到的皮肉已经青了一大块。

"你醒了？"

一只手伸过来，手心躺着块布，散发着药膏的味道。

清君在他面前蹲下，周围一地倒下的人，全是之前把姜蒙围住、想杀了他的人。

姜蒙接过药布。

清君见他盯着地上那些人，好脾气地解释："放心，他们都没死，只是暂时醒不过来。"

冰凉的药膏，涂到身上却有一股暖意。

一瞬间，姜蒙仿佛回到了多年前那个夜晚，他才受完刑，天幕漆黑，星月俱隐。

但这一次，清君在他旁边。

"你比我厉害多了。"

药膏立竿见影，又歇息了半炷香的时间，姜蒙已然能够起身走路，和清君一同走在回去的路上。

清君微微颔首，嘴角露出一个笑来。

这笑容透着苦恼，并不真心实意，甚至没有感情。

他只是在模仿凡人，当超脱了凡人的存在，表情就不再有意义。

他说："我来自九重天之上。"

04

人生有八苦，神明有五衰。

清君此时的身体很小，但力量却很大。

他坐在床沿，两只手轻轻摊开。

淡色的灵力徐徐流转，进入姜蒙的眼中，这让苦修的男人想到了漫天星辰。

——浩瀚，深沉，又遥远。

清君从死尸堆里睁开眼的时候，记忆和力量就在逐渐恢复。

他本是神明之尊，执掌神山玉京，却恰逢天人五衰，不得不下界渡劫。

"渡劫之时，我神力被封印大半，暂时回不去天界，仍要叨扰你了。"

清君说，虽然他的表情并没有"打扰"的歉意。

他表情严肃，但脸庞仍然稚嫩，这样的反差之间，便显出格外的……

WHAT IS THE TRUTH /// [TRUE OR FAKE ?]

可爱。

　　姜蒙抑制住自己捏他脸的冲动，正想问什么，清君又开口了。

　　"我之前查探过你身上的伤口，封印咒锁住了你的血脉，无法把药力导入你的身体，若要治疗，最好解开这种封印咒。"

　　要解咒，便得回门派。

　　姜蒙下意识地摇头。

　　"我是戴罪之身，怎么好回去。"

　　清君盯着他，目光沉沉，话锋一转："那，你可知道，我要渡的是什么劫？"

　　不等姜蒙想象，他便继续开口："我要渡的，是杀劫。"

　　"凡间有一名可终止战乱之神，我杀了他，便算是渡过了杀劫。"

　　"而与此同时，战乱将再无可能结束，你要赎的罪也就再无尽头——你真的不回去？"

　　清君看见，姜蒙的表情一点点凝固了，是既悲且怒的样子。

　　一盏茶的时间，男人艰涩地点头了。

　　清君心下了然，会站在死尸堆前念诵超脱咒的人，总会有类似于"拯救天下"的可笑想法。

　　譬如姜蒙，还没彻底赎罪，他怎么敢放弃一切？

　　清君在心里冷笑。

　　但笑完，姜蒙的表情仍然没变。

　　莫名的，他觉得心里有些不舒服。

　　于是，孩童走过去，拉住姜蒙的一根手指。

　　"别想了，总会有办法的。你还没死呢，不如来试试阻止我。"

　　姜蒙抬头，像是被火烫到了一样，差点甩开清君的手。但清君的手指把他的手扣得极其牢固，于是姜蒙只得点点头，愣是把愁眉苦脸变成了无可奈何。

清君放开他，姜蒙仓皇逃出门去，只来得及丢下一句："早些睡，明日我们再上路。"

神明端坐在原地，闭上眼，面前就浮现出姜蒙的背影。

那时，他察觉到自己放在姜蒙身上的乾坤纹有所波动，这才跟了上去。

到达的时候，清君便看见，沉默孤苦的男人无知无觉倒下去的场面。

姜蒙身上的蓑衣发皱纠结，像一团凌乱的网。

周围的歹人大呼小叫，目光浑浊而肮脏。他们对姜蒙伸出手，像是妖魔向垂死的白鹤露出牙齿。

那瞬间，清君察觉到一股火焰灼灼地燃烧起来。

而现在冷静下来，清君已经完全忘了那些人的脸，他只能回想到姜蒙。

清君感到……

渴。

奇怪的干渴，像是那日第一次吃凡间的食物，粗粝的面团滑下喉咙，由此产生的感觉。

彼时，解渴的是水。

此时，解渴的是……

姜蒙。

干渴发生的瞬间，他感到体内的封印松动了。

丝丝缕缕的蓝色灵光缓慢飘散，在他发肤骨肉间缠绕。

神明闭上眼睛。

再抬眼时，他的身形已经和姜蒙齐平。

05

上古洪荒时代，女娲在某处炼石补天。

后来，那个地方被叫作历山。

"我当初就是在历山拜入师门，开始修行的。"姜蒙抬头，望向眼前楼阁毁坏的群山，"那时，山间有驰道直通山下，如今，什么都没了……"

他旁边，比姜蒙高出了一个头的清君放眼一望，轻声说："毕竟这里还是人间，不可能与世隔绝，自然也不可能隔绝战乱。"

按照清君的说法，他已经逐渐接近那名要被他杀掉的神明，所以神力恢复些许，身量自然也日日见长。

两人走了半月，中途姜蒙几次旁敲侧击，说既然清君恢复了部分神力，不如直接击碎他身上的封印咒。

清君听在耳中，残忍地拒绝："我的神力主杀，你的身体太残破，无法承受我的力量。"

"若要我解，恐怕封印咒还没崩溃，你的身体就先死了。"

言外之意无非是，逃避不可取，还是得回门派去。

十年不见历山，就连姜蒙也认不出当年的大殿、牌坊、楼台……

他和清君一前一后地穿行在山林间，终于找到了曾经门派的入口。

草木荒芜，车马稀疏，但依稀可见历山弟子出入。

姜蒙抹了把泥灰，遮掩住容貌。

他和清君走近了，才发觉那些历山弟子竟然个个手拿箱笼，轻身术法的纹路铭刻在靴底，全然是要搬走离去的样子。

"怎么回事……"

姜蒙心中顿感不妙。

清君往他身上丢了个隐匿的咒文，心有所感："且去看看。"

他们拦住离得最近的历山弟子，刚要问话，便见对方摇晃两下，猝然倒地。

旁边，另一名弟子见到这场景，表情却麻木得很，仿佛司空见惯。他走过来，挥挥手，把倒下的弟子扛了起来。

和姜蒙擦身而过的一瞬间，姜蒙听见他说："……也到极限了吗？我也快死了吧。"

清君说："他们身上有和你一样的封印咒……不过，显然，封印咒的作用并不仅仅是封印法力。"

姜蒙抬眼，和清君对视了一眼。

"走吧。"清君淡淡地说，"你还没进掌门殿，不管是害怕还是愧疚，哪怕是死，也得死个明白。"

姜蒙的喉头僵硬了一瞬，表情很是痛苦。

走到内殿，那些搬运箱笼的弟子们已经走得七七八八了。

若隐若现的妖气在虚空弥漫，发出一股让人反胃的恶臭。

其实到了此处，许多事已不言自明。

他们一路走上历山，没有一个弟子以"修道重地，闲人免进"的借口赶走两人。

那些在山门外忙碌的弟子们，脸上也已无生气。

而妖气的源头，就藏在掌门殿内。

这些弟子，虽然身着历山的弟子服，却并不被掌门看作是活人。所谓的封印咒，其实是吸取法力的符印。

从姜蒙开始，到这些弟子，他们身上都被种下此种符文印咒，日日夜夜被抽取灵力，有的人熬不住，便被活活榨干。

也幸亏姜蒙是当年的大弟子，根基深厚，才活到了把清君捡回去的那日。

待看见了原先的掌门殿，姜蒙推开了门。

门后，妖气更为浓郁。

重重的阶梯通往幽深的井口，在井底，姜蒙看见了一只妖狐。

——当年被他亲手放走的妖狐。

♯ WHAT IS THE TRUTH /// [TRUE OR FAKE ?]

　　清君走到狐妖面前，身上神力激荡，瞬间惹得妖狐身上的锁链锵然作响。

　　他看了一眼沉默的姜蒙，悠悠开口："这妖狐身上被烙下了和外面历山弟子一样的纹路。"

　　铁链响动的声音太过刺耳，姜蒙还没反应过来，便又有一人从大殿上下来，一把抓住姜蒙，愤怒地将他从妖狐面前扔开。

　　"都说了！现在是关键时刻……死了那么多人还不长记性？！还不给我滚！"

　　对方声音尖利，仿佛铜钉刮擦地面，那正是他曾经无比敬重的掌门。

　　姜蒙慢慢从地上站起来，看着状若疯魔的掌门，霎时心如死灰。

06

　　修道之人，除了勤奋还需天分。

　　上一代掌教曾经评这位价历山掌门，说他若潜心修炼，可为凡人巅峰。

　　于是掌教便清楚，自己此生都没办法得道成仙了。

　　天赋有时就是如此可憎的东西，对于有些人来说是镜中花水中月，遥不可及；而对另一些人来说，天赋却是主动凑上来摇尾的细犬，谄媚又殷切。

　　前者是他，后者是他的弟子，姜蒙。

　　嫉妒熬成毒，而后蔓延入心。

　　他看着姜蒙，目光宛如蠕蠕而动的蛇。

　　然后，掌教抓住了一只妖狐。

　　妖狐为了保命，告诉他修炼的妙法。

　　引发妖力入体，可以暂时无视境界的桎梏，然而代价是付出双倍的灵力。

双倍的灵力对于没有天赋的修士来说太多了，他一低头，便看见了姜蒙。

掌教微笑。

当年姜蒙以为自己一念之差放走妖狐，铸成了战乱。然后掌门顺理成章，给姜蒙打上了"封印咒"。

封印咒下，他的灵力一天一天地流逝，终于把他的身躯摧折得再无法掐诀念咒。

而掌门尝到甜头，就此一发不可收拾。

他吃准了姜蒙，这个弟子善良又执拗，认定的事往往不会回头。

若能用愧疚之心把姜蒙困在门派之外的地方，那么他做的一切，就永远不会被发现。

做过亏心事的人，总是会把苦主的脸记得分外清楚。

掌门吼完那两句，就发现面前的人眼熟至极。

他也看出姜蒙身上仍有封印，当下便出手，打算把姜蒙杀掉。

可惜，他千算万算，没算到清君。

即便清君此刻还被封印了太多神力，他也不是一个凡人能抗衡的。

姜蒙还没动，掌门就被掐碎了经脉，神力化作刀片，还没刮下十刀，他就讨饶了。

掌门倒在地上，清君踏上一只脚，踩在他的头顶。

在掌门的哭泣声里，真相被句句坦露，像是陈年的伤口被撕开痂皮，鲜血和痛楚都鲜明如昔。

姜蒙只觉得自己整个人一瞬间都空了。

他站在原地，半天才听见清君的声音。

"封印咒，如何解？"

掌门吐出一颗带着血沫的碎牙："没法解的……呵呵，我死，还能捎带一条性命，不亏……"

他的话再来不及说完。

一只修长的手穿透了掌门的胸前。

清君淡漠地把手从他胸中抽出来，转过脸，又看向姜蒙。

"走了？"

见姜蒙不动，清君摇摇头："现在你知道了，不是你的错。何必继续自苦？该放下的，就放下吧。"

他又说："这狐妖被他拘束在此处，妖气经天，催化了凡人皇帝的欲望，所以促成了战争。如今掌门已经死了，剩下的事不用你去过问，该走了。"

清君一掌拍在姜蒙肩头，蓑衣上的羽毛布条纷然而落，刹那间姜蒙如梦初醒，后退半步，嘶哑道："还有最后一件事。"

"你……"清君皱眉。

历山掌门以妖力提升修为，又以妖力构筑这庞大的地下宫殿，藏住一只妖狐。

如今掌门身死，地宫自然开始坍塌。

他们说话间，已经有数根横梁塌落。

轰隆的倒塌声中，姜蒙朝着妖狐的方向而去。

"既然那只妖狐是无辜的，它也不该死在这里。"

劈砍声传来，金铁相撞之间火花闪烁，清君听着妖狐的悲鸣，只叹了口气。

"你来不及救的。你身上有封印咒，它身上也有。

"如今掌门死了，经年累月下来，没有压制的封印咒就会反噬。在你砍开铁链之前，它就会死。"

他看见姜蒙的动作僵了一僵，然后又进行下去。

清君本想骂一句不知好歹,却在下一颗火星迸溅到身前时,发觉浑身的神力竟然开始激荡。

"这是……"

神明感到困惑,他抬头,再一次看向姜蒙。

对方身上,竟然隐约有白光浮现。

那是……神明才会有的愿力。

一切都说得通了。

清君恍然大悟。

——姜蒙的信念被摧毁,可他依然选择了救妖狐。

妖狐逃出以后,妖气自然回收,战乱当然中止。

"……原来,那个所谓的止战之神,就是你。"

清君看着他,眼睛微微眯了起来。

若姜蒙不曾如此良善,最初他就不会从死尸堆里救下清君。

若他没想过救更多人,也必然不会被清君说动,自然不会重新回到历山,获知当年的真相。

他的过去,他的性格……如此种种,最终促成了姜蒙救下妖狐的此刻。

一饮一啄,俱是前定。

分离聚合,都有来因。

"可惜,哪怕你就快要成神了……你也还是救不了它。"

清君看得分明。

姜蒙因为救妖狐,所以被天道认可,自然成神;但他身具封印咒,灵力所剩无几,本来就快要死了。

在封印咒彻底消耗他的生命之前,地宫会先一步坍塌,把姜蒙和妖狐一起埋葬。

那时候,不需要清君动手,止战之神就会自然消亡。

"来得及。向死而生,不过如此。"

WHAT IS THE TRUTH /// [TRUE OR FAKE ?]

姜蒙停下来，回头看向清君。

"我很久没有主持过祭神的仪式了……但向神许愿，需要祭品这件事，我还是记得的。"

清君心头蓦然一跳。

重重气浪里，他看见姜蒙放下鞭子，一身蓑衣羽毛彻底剥落，宛如凤凰涅槃。

姜蒙走向他："我用这具身体向你献祭。你杀了我，帮我救它。这样你可成神，我可安心，两全其美。"

男人停在他身前，目光中有前所未有的平静，但话语却足以让清君感到一种后知后觉的快意，这些快意最后变成一股幽蓝色的神力，彻底缠上姜蒙。

怪不得。

他想，难怪神也需要渡劫。

杀一个未来的神，并不要真的见血。

清君弯了弯嘴角。

"我答应你。"

新生的神须斩断一切，超脱重生……

而打破这样的戒律，便能同时打散任何新神的神格。

姜蒙注定当不了神。

神力骤然暴发，如同春雨润物。

……

视野模糊中，姜蒙看见清君笑了。

"你再也不是神了，以后也不可能当神了。"

这似乎是很要命的一件事。

可姜蒙来不及惋惜，更来不及后悔了。

似乎自从遇到清君，他的人生就开始加速。

神的垂怜，从神力开始，温柔自然地洗涤过凡人的身躯，清洗之余，立刻治好了他多年的暗伤和痼疾。

　　万丈红尘之中，清君握住了那个透明澄澈的灵魂。
　　世间也许正悲恸于失去了他们的神，而清君独得属于他的人类。
　　"放心，答应你的事，我自会做到。
　　"若你还想度其他人……
　　"就逃离我的掌心吧。待你的翅膀足够牢固，再探身入这污浊的人间。"

　　白发瞬间暴长，长得看不到尽头，仿佛一条雪白的河流。
　　最细的发丝却比最坚硬的钢铁更加牢固。
　　伴随着金铁扭曲的"咯吱"声，一团火红的活物被发丝缠住，远远抛出历山的废墟。
　　而神明抱着沉睡的人类，一飞冲天。

END

WHAT IS THE TRUTH

IV 是真真相

轻型单人机甲在浩瀚的宇宙中三百六十度翻转，如同旋转着的刀花直刺敌方心脏！

违心警告

文/莫忘酌

坚信"唯有通过文字与读者获得精神共鸣，才能使看客不是过客"的小作者。

WEIXIN JINGGAO

违心警告

文/莫忘酌

坚信"唯有通过文字与读者获得精神共鸣,才能使看客不是过客"的小作者。
LofterID:莫忘酌

⚠ 01

"如果让你在时时刻刻都下着碱金属元素雨,中间还有个黑洞的星球上勘测矿石,你会接受吗?"

"我会。"

"如果让你在遍地水龙卷,巨浪能比珠穆朗玛峰还高的星球上收集安康鱼化石,你会接受吗?"

"我当然会。"

"如果让你远征另一个星系,跃迁十几次去打仗,一走就是几十年,甚至可能有去无回,你会去吗?"

"本职工作,乐意之至。"

"那如果让你作为N将军的警卫队队长,陪同他一起视察驻军星呢?"

T挑起了一边眉梢,扶正了被薄汗浸湿的金属护腕,拔出腰间的爆

能枪,头也不回地朝身后开了一枪。

早已被看破了轨迹的训练仿敌飞行器应声而碎,化为一摊液态金属有气无力地掉落在地上,T接着说:"我拒绝。那还不如让我跟联军在黑洞里打一架,毕竟队友全是安康鱼。"

"可是你现在就在N将军的基地里。"视频通话里的封少尉义正词严,"住的还是N将军套房里的一个小房间。"

T没接话,而是把枪迅速从右手换到左手,一扬手又打爆了一个飞行器。

"你吃的还是N将军特别吩咐人做的豪华套餐。"

T回忆起自己从餐厅窗口里端出一整只甘梅味炸鸡和一杯橘子汽水时,周围那些苦兮兮吞着速食营养膏的同胞们看他的眼神——或许从那一刻起,他们就不再是同胞了。

"砰"的一声,又一个飞行器爆裂成一摊银白色液体。

"你用的是N将军找军医为你专门配的特定人群专用特效药……不过这点目前存疑,我就随便问问。"封少尉一脸天真且正义,光看这神情仿佛是在统帅面前郑重宣誓为国远征新星系,叫人不疑有他。

T:……

最后一个飞行器的尸体瘫在了他脚边,T手肘压着膝盖单膝蹲下,冲随手扔在地上的球型投影仪露出一个咬牙切齿的微笑:"我也就随便问问,现在还有多少人相信我跟N没什么关系?"

"哈哈哈最近身材练得不错啊,臂围好像超过我了,打的什么牌子的蛋白针啊,推荐一下?"

T没说话,只是冷冰冰地盯着他,漂亮的眸子里满是"少跟小爷来这套"的质问之意,可以说又美又煞。

"好吧,好吧,咱们星系特定单身靓榜名列前茅的人这么看我,我确实顶不住……"少尉识相地摆摆手,给自己找了个台阶稀里哗啦地就滚了下来,"非要说的话还是有的,还是有半个人仍然相信你跟N将军没什么关系的！"

T心想那敢情还真是挺多的：" 哪半个？"

"我呀。"封少尉神情一肃，"在你面前处于相信的状态，在其他人面前处于打死都不信的状态，这份难能可贵的信任处于一个又死又活的叠加状态，可不就是'封定谔的猫'吗？"

"砰"一声，投影小球被一枪击爆，少尉的身影在半空中湮灭了。

"将军旁听够了没？"T侧身望向训练场门口，面无表情地问倚靠在门边的男人。

"咳。"N将自己的头发顺了一把，脱下的军装随意挂在臂弯，头歪着靠在门框上，整个人一副懒散的模样，"你有搭档人选了？"

N这人能坐到将军的位置确实有点本事，不仅是打仗，在别的某些事情上也有精准的直觉——哪怕闻不到费洛蒙，也察觉到了封少尉的特殊身份。

要知道封少尉可是联盟目前最年轻的军官之一，身材还没在费洛蒙的催化下完全长开，他本身也不是五大三粗极具攻击性的款，能一眼辨认出他身份的直觉可谓恐怖。

"就算是有，您也管不着吧。"T扯了一下嘴角，看上去是露出了一个皮笑肉不笑的表情，他从地上捡起自己的外套往身后一甩穿好，单手一颗颗系上扣子，挑衅一般地边系边直视着N的双眼，眸中写满了乖戾。

N一边感慨自己这警卫员怎么比自己还越来越像首长了，一边用一种与其说是欣赏，不如说侵略性极强的目光光明正大地打量着T系扣子的动作，懒洋洋笑道："他说的那个单身靓榜我也瞄过一两眼，我看榜上那些人都不如你。"

"是吗？"T在擦肩而过时抬眸瞄了N一眼，"我很硬汉的，首长。"

说罢T一只手敬了个礼，转身踏出了训练场的大门。

N抱着胳膊靠在门上目送T的背影消失，"啧"了一声按了按自己的

额角，走进训练场一脚踹中墙上的开启器，所有瘫在地上的液态金属重新浮起，重组，变形成一个个完好无损的飞行器，再次满场乱飞起来。

N抬手点了点腕骨上皮下植入的个人终端，待它浮现一个通话视频光屏后，扬手将光屏扔到半空中，自己一个助跑冲向那些飞行器，不像T那样用手枪，而是直接赤手空拳地暴揍起了这些会飞的训练小机器。

训练场类似于军士们的电话亭，这些枪炮战火里滚出来的家伙们，一个个都仿佛打电话时不同时做点什么东西就不舒服似的。

"哟，N少将——"视频里的统帅一身出席正式场合的装扮，背头领结黑西装，帅得光彩照人，正任由几个化妆师围着自己一通操作，笑容灿烂，"是什么让你在漫漫攻略长路上停下来看兄弟一眼的啊？"

⚠ 02

午餐时间，坐在餐桌前的T从口袋里掏出一只金属药盒，倒出一颗软糖似的药丸，仰头扔进嘴里。

"你还在用这种口服类的特效药，没用部队军医配置的私人型号吗？"陆参谋有些好奇地多瞥了一眼那个盒子的包装，"这是我们小时候吃的那种吧？"

"嗯，小时候怕打针，所以我老爸会给我吃这种长得像糖果的，这么多年吃习惯了。"T顺手点开手腕上的个人终端，点进了某个叫"虚弱期日记"的粉红色App，"啧，昨天又忘记了。"

这是一款民间十分流行的App，专门用来记录特定人群虚弱期的各项身体数据指标，可以诊断出虚弱期是否正常、身体是否健康，并准确计算出下一次虚弱的日期。

除此之外，还有一些心情、虚弱期不适程度、个人心事日记之类的少女心满满的项目栏。

只不过由于是民间App，策划的审美相当诡异，非要用这么一个充满傻白甜恋爱气息的粉红色泡泡界面，跟T这个军用终端的银白色界面显得格格不入。

要不是用着还算方便，T早把它卸了。

"所以说，你到底为什么这么反感跟N将军待在一块儿呢？"

陆参谋从配餐AI手里接过一杯蔬菜汁，转头问身旁的人。

"没有哪个军人会喜欢给一个吊儿郎当的上级当贴身警卫员吧。"T切比萨的劲头仿佛那块比萨就是他的上级，还是个加了双份芝士的上级，"虽然我知道上头这么安排的用意……但要欣然接受，还是很难啊！"

"你就当是历练吧。"陆参谋轻叹一声，放下手中那杯蔬菜汁，望向T，"不过话说回来，你真的这么讨厌N将军吗？"

"他看起来还不够大男子主义吗？"T用叉子戳穿厚厚的一层芝士，随口就给N套了个高帽子，忽然又有点心虚，于是清了清嗓子，"而且总感觉……他不怀好意。"

陆参谋笑了："那只是对你吧？"

"什么漫漫长路，我连影子都没追上。"N一拳砸爆一只飞行器，又一个高抬腿将另一只狠狠踩在地上，语气满是难得的郁闷，"你就别拿我开涮了，统帅。"

"不是吧，"统帅惊讶地睁大眼睛，"也有人会讨厌你这种威武霸气的款？到现在也快一个月……一点松动都没有啊？"

"可不是吗。"N用拳头在某只被砸到墙上的飞行器上碾了碾，闷闷道，"还是喜欢给我摆脸色，虚弱日期给我报了个假日子，搞得好像我察觉不出来一样，当我是傻子吗？而且特效药都不肯用我给的。"

"不过话虽这么说，虚弱期还是要把握好的。"统帅抚着下巴沉吟片刻道，"虽然特效药把虚弱期的费洛蒙浓度压制在了失控的阈值之下，但平均浓度还是会比正常情况下偏高。你知道有调查显示虚弱期的舞蹈

表演比平时的小费收入多了足足八十一个百分点吗？就是因为舞者体内费洛蒙浓度比平日更高，对观众的心情造成了积极影响。所以说，人一兴奋就管不住自己的钱包，其他的同理。"

"……你这不还是在教坏我吗，老大？"

"此言差矣。"统帅一眨左眼，故弄玄虚地摇了摇食指，"费洛蒙的作用是什么？自古以来就是放大人情感的动机。如果他压根就没有什么，那么无论如何放大都是零。但如果他原本有什么，只不过出于性格因素才不怎么表达……我是说傲娇，懂吧？费洛蒙就会放大他的坦率，让他勇敢起来！"

⚠ 03

扯到一半的芝士拉丝忽然就断了，T脸色微微红了红："啊？没有吧……不可能！"

"欸，那我换个问法。"聪明如陆参谋自然将T的反应都看在眼里，哑然失笑道，"假如你非要找件有费洛蒙的衣服帮你度过虚弱期，你会找谁要衣服？"

"我可以选特效……"

"特效药售罄了哦。"

"那就找封……"

"封少尉在一次战斗中不幸牺牲了。"陆参谋一脸悲悯。

"这也行？！"T震惊，"那就把他刨出来问他借件衣服！"

"他葬身在茫茫宇宙中，连人带衣服都化为尘埃。"陆参谋吟游诗人一般举目眺向远方。

T：……

陆参谋："现在你是不是脑海中浮现出了某个人的样子？"

T自知被耍,撂下叉子就扑上去挠陆参谋的痒痒。

"好像有点道理!"N右手一拳将一只飞行器猛地拍进左手掌心,"所以趁虚弱期对他多嘘寒问暖,让他感动?"

"差不多吧!他不是以为你不知道他真正的虚弱期吗?那就将计就计,装作不知道好了。趁他虚弱期的时候以视察的名义带他去散散心啦,比如阅个兵逛个营地什么的,再多找点机会独处啦……"统帅摸了摸自己的下巴,"但也别太刻意,他也算是我看着长大的,肯定不喜欢搞特殊。"

"啧……怎样才算默默付出,要不然我把单身靓榜第一买给他算了,省得他天天跟那个封少尉聊天,这样他就会开心了吧?"

统帅一脸一言难尽地摇了摇头:"你肯定是开玩笑的对吧?这种有问题就撒钱解决,没问题也要撒钱搞出点问题来的作风,很容易引起公愤啊!总之咱大老爷们做事不要缩手缩脚,尽情展现你的魅力就好了!"

"统帅,您不是在听N少将汇报驻军星营地的视察情况么,为什么我好像听见了'魅力'这种词?"视频那边门口传来一个幽幽的声音。

"我就知道让老虞当秘书长我会后悔——"统帅突然从座椅上弹射而起,扑到摄像头边,"不聊了不聊了,我得陪老周听音乐会去了。你加油,有进展了别忘了告诉我!"

画面中断,最后一个飞行机器人也落在了地上。

N:……

突然觉得这个非要把"主席"这一称谓改成"统帅",就是为了让别人赞他一句"统帅"的男人之前说的都不那么靠谱了。

"欸,住手……"笑完之后陆参谋赶紧喊停,见T收回手后,才眨眨

眼抿了一口蔬菜汁,"你不是说你们第一次见面时刚好撞上了你虚弱期提前吗?那个时候别无他法。可能是这件事给你留下了个'乘人之危'的第一印象,之后不管他做什么你都会下意识往这个印象上套,这才对他如此抵触的吧?"

T沉默地嚼着比萨,含混不清地"唔"了一声。

"倒不是我替N说好话,我只是觉得他也没有你想象得那么不堪。"年轻的参谋官温言温语着拍了拍T的肩膀,"不妨清空一下之前的印象,怀着一颗平常心去看他……可能会觉得这人还不错?毕竟——"

陆参谋轻轻扬了扬下巴尖,示意了一下T盘子里的比萨:"又是鹅肝又是牛肉的,这么直白地对你,可见不是一般的有决心和诚意吧?"

"你——"T脸颊发烫地放下刀叉,抄起这盘比萨,随手推了推身边的一个士兵,"兄弟,我拿比萨跟你换营养餐,换不换?"

士兵望见T的脸愣了一下,随即屁股沿着长凳往后挪了好几米,一个人高马大的士兵抱紧自己素得可怜的饭盒仿佛裹紧了小棉被:"不敢不敢,T队你自己享用吧,老大会杀掉我的啊!"

陆参谋用一种"我说了吧"的怜悯眼神望着T:"你可是天天生活在一个军队的僚机之间啊。"

T:……

封少尉说得一点没错,果然这世界上只剩下半个人信他跟N没什么了。

 05

他们的基地坐落在这个星球著名的景点"星江画廊"之上。

作为"峡谷"行星带上的一部分,水资源丰富的驻军星经历了百年的沧桑巨变,在某次重大的气温骤降后短时间内整个星球冰封。

曾经如画的山川草木被冻结在冰霜之下,但也因结冰时间过短而保持了原有的模样。

整条漫长的河道都化为了冰蓝色的琥珀，鲜艳的花朵则被封存在了静止的时光里，如同一幅旷世巨作，因此被称为"星江画廊"。

而今天下午T的任务，就是陪同N出席一场在星江画廊上举行的阅兵仪式。

年轻的警卫队队长从队员手里接过一朵精致的胸花，别在自己制服的胸口处，胸膛一挺大步走向室外。

庞大的星舰在冰河上贴地滑行，N难得地穿了一身整齐的军装，双手撑在护栏上，俯瞰着下方的整支舰队。

让这人站个军姿就这么难吗？

这种撑在学校操场围栏上吹口哨调戏过路女学生的站姿是怎么回事！

T再次完成了每见N一次就要腹诽他一回的硬性指标，恰时个人终端震动了一下。

他轻碰一下手腕，信息传输到瞳孔摄像机中进行投屏，来自封少尉的一条消息赫然浮现在眼前——是今日午间时报的头条，配图是一张他跟N两人在星舰顶上一前一后站立的照片，文案则更加丧心病狂：N少将与自家警卫队队长佩同款胸花，疑为"暗流涌动"？

T只觉得一股气血上涌堵在胸口差点不能呼吸，于是深吸了一口气，压低声音一字一句地语音输入："这——不是！这是——伪装过的——对讲机！"

"虽然我有心帮你把这句话传达给媒体，但暴露高科技军用设备可是泄露机密啊，我不能害了你。"个人终端自动播放了封少尉新发过来的一条语音，语气充满遗憾。

T彻底体会到了特定人群在军营里生存是多么备受瞩目。

在信息流如此迅猛的当今社会，他上一秒才戴上胸花，下一秒就有人在子虚乌有的新闻舆论里传出有关他的新闻了。

如果目光能化为实质，那么他此刻望向N背影的眼神已经化成一头

嗷嗷叫的小豹子，把这人的背影撕成碎片了——

所有设备从设计到投入使用都不可能不报备给 N，这明目张胆的胸花款式肯定有他一份锅！

恰逢 N 此刻回过头来，这人野兽般的直觉犹如背后长眼，一转头便准确无误地冲 T 扯了扯嘴角，十万分的痞气都糅合在男人嘴角那点儿零星的胡茬和嘴唇的弧度里了："看什么，阅兵也敢开小差？"

T 咬了咬牙，脚一跺地面重新立正——约莫是气氛不对，明明是正儿八经的一个稍息立正的军姿，此刻品起来却有点言情剧里少女跺脚撒娇的既视感。

N 被自己的脑补弄得差点"扑哧"一声笑出声来，赶紧转回去装模作样地继续撑着栏杆检阅部队。

T 压抑住内心的不爽，盯了 N 的背影好一会儿，才按下终端准备回封少尉一条消息。

他轻点一下手腕打开语音，张嘴正欲说些什么，便被耳机里突然刺入的一串警报声给打断！

战争来得万分突然，那边的 N 也第一时间收到了警报，直接从护栏边拧身朝门内走去，一边点下终端发号施令一边用眼神招呼 T 一起进舱："敌军空袭，粗略估计五六千单人机甲的兵力，看起来是有备而来围攻咱们的，走，迎战！"

⚠ 06

机甲的跃迁速度相当迅猛，敌军舰队此次偷袭似乎采用了全新的反侦察手段，不过几个呼吸间便出现在了他们驻军星球的大气层外，颜色各异的高能粒子流如暴雨般坠落。

阅兵仪式一般用的都是空枪空炮，但好在这次刚占领驻军星的他们早有防备，因此破例进行了一次真枪实弹的阅兵，全部武装都能迅速投入战斗。

只是由于驻扎没有很久，驻军星的防御系统有许多分组尚未来得及构建，初步建成的反导系统显得有些脆弱，在敌军以多围少的疯狂攻击下摇摇欲坠！

"他们在集中火力拆我们的防御塔台。"N一边大步疾走，一边用终端大声下令，"一师二师三师，分别去守东、西、南三个方向，剩下的人跟我一起往北顶——T！"

他话音刚落便拐了个弯，爆喝了一句T的名字，原因无他——T一个助跑跃上了距离他最近的一架战斗型机甲，终端一甩建立链接，舱门一闭便冲上了云霄。

"该死的，我刚刚下令让他冲了吗？"N气得牙痒痒。

"您刚才下令'剩下的人跟您一起往北顶'了！"旁边的下属小声提示。

"那'跟我一起'这四个字是被你们队长给吃了吗？！"N瞪了他一眼，随手拽了拽自己的胸花——这其实压根不是什么对讲机，现在个人终端联络这么方便，就算要给首长和警卫队队长两人之间单独开一个频道也是秒秒钟的事，犯不着多此一举。

这纯粹是N自己夹带私货，用这种坑蒙拐骗的手法让T跟他戴"同款胸花"。

他冲下属大手一挥："各单位用终端查收我发的战略部署，看完就随我一起上！"

说罢自己也一蹬阶梯跃进了一架机甲里，关门发射一气呵成！

"将军您该坐的是大型星舰而不是单人机甲吧？！"下属欲哭无泪地在频道里呐喊。

"欸，一看你就不是咱头儿的嫡系。"另外一名士兵一脸见怪不怪地用胳膊肘碰了自己同僚一下，"头儿这还算收敛的了，原来当星盗那会儿别说机甲了，宇航服不穿都敢直接跳上别人星舰砍人好吧！"

非嫡系下属顿时哭得更惨了:"能给我录一封遗书吗?"

单人机甲内,T眉心紧锁,目光凝聚在屏幕中最靠前的那架敌机上。

他已经一骑绝尘开出了大气层,各色粒子炮在周边喷射出无声的绚烂,映亮他少年气息尚未褪尽的脸庞。

其实不用等N部署,他也知道北边是最容易被击溃的突破口,倘若晚了一分钟甚至一秒,都有可能影响全局。

 07

一连串火光射过,几架敌方机甲被精准击落。

T舔了舔牙齿,清澈的眼眸被炮火染红,像是回到了本该属于他的地方——很少有特定人群会有像他这么强的战意、攻击力和好胜心,所以他到哪里都是耀眼的特例。

今天也恰好是他虚弱期的最后一天,那些不适的反应基本消退,身体各项低谷数据像是骤然涨潮,久经训练带来的力量又重新在他体内苏醒,让他实在是难以抑制地想要战个痛快!

更何况,只有尽快立下战功……他才能尽早脱离警卫员这个身份!

"我的天……T队这么厉害的吗?"N在频道里听见自己某个嫡系小弟的啧啧赞叹,且一听就是当初被他罚抄过"T队长好,T队长加油,头儿说他欣赏更野一点的"那批人之一。

"这已经不是野不野的问题了,是这么野老大他对付得了吗?"又有不知哪架机甲连上了公频,饶有兴味地接话。

N和T异口同声道:"你们当我听不见吗?"

低沉和清冷的两道声线同时在公频里响起,两人又同时愣住,没想到对方不仅跟自己一样在这时插嘴,还心有灵犀似的,说了句跟自己一模一样的话!

所有连上公频的士兵们也同时愣住——他们在公频里图个一时口快插科打诨，完全忘了两位正主也在旁听。

但这毕竟是情势紧张的战斗现场，多说一句无关闲话都有可能被军法处置，于是大家只好一边默默操作机甲打仗，一边在心里继续，一时间公频里竟无人勇敢地站出来替N回答一句"对付得了"，场面一度十分尴尬。

N：……

平日里说好忠心耿耿以死相许的弟兄，居然没有一个愿意冒着上军事法庭的风险为我正名吗？

事实证明T操纵机甲的能力相当出色，不过几句话的工夫，他便已如刀子一般直逼敌军将领的指挥舰。

轻型单人机甲在浩瀚的宇宙中三百六十度翻转，如同旋转着的刀花直刺敌方心脏！

"这找的是警卫队队长还是敢死队队长，给我玩杂技呢？"N暗骂一声，自己的机甲也动能全开直冲向前，用一片粗暴的火光将T两翼的杂兵扫荡干净。

几乎没有停顿的下一秒，T的粒子炮角度刁钻地轰中了敌军指挥舰的侧翼！

"好！""干得漂亮！"我方频道里一片欢呼。

N的视线紧盯T那架单人机甲，觉得自己的心脏好像也随爆炸一起撼动了一般，再也无法克制住汹涌澎湃的心跳。

然而就在此时，视界边缘突然钻出一道突兀的光线——方才敌军指挥舰上蓄力已久的定向脉冲波骤然射出，擦中了T所驾驶的机甲的边缘！

T双眸微微一睁，仪表盘在电磁脉冲的干扰下闪烁起了混乱的光点，整架机甲与他的个人终端断开了联系，开始沿着未知的轨迹往宇宙深处滑去。

N握住操纵杆的手掌一紧，当机立断射出一道牵引光束，硬生生将T机甲的轨迹拖了回来。

在反作用力的驱使下，N自己所乘的机甲也沿着弧线滑动起来。

两架机甲由一根牵引光束维系着，开始了速度愈来愈快的相对旋转，且一边转一边朝着驻军星的地面坠落而去。

T受过太空军种必过的航空航天旋转训练，并不怕这样恐怖的高速旋转。

但与机甲断开联系的那一刻，机身狠狠一震，让他的脑袋在舱壁上磕了一下，此时正疼得发紧。

正在一阵眩晕和头痛中重新迫使自己睁开眼睛，他便听到之前遭受干扰的频道渐渐恢复原状，男人的声音由波动到稳定，直到化为一句低沉的话语："别怕，扣紧安全锁，打开应急装置，关闭能源和动力系统，调出视频让我看看你舱内的情况。"

T扣紧自己的安全带，挣扎着伸手移到控制台上，按照N所说的逐一操作，而后手动打开了视频画面。

男人那张平日看来要多欠揍有多欠揍，现在却透着一股子可靠气息的坚毅脸庞出现在T眼前。

两人的机甲在深邃浩渺的星空里跳着狂野的华尔兹，直冲地面，但在这之后的一次次旋转中，他们都对视着彼此相对静止的脸。

"嗯，不错。"N翘了翘嘴角，神乎其技地在满不在乎的神情里装进了深切的关怀，"驾驶员还是这么好看。"

T一愣，旋即被他气笑："将军不会是想听我说违心的话吧？"

"对，倒也不用你礼尚往来夸我帅。"N笑道，"拒绝我说的就好了。"

坠落前的几十秒，璀璨的双星旋转、相拥，像是浩瀚宇宙中沐浴在光箭之雨里的盛大约会。

而后一声巨响，一切归零。

08

T醒来时，首先感受到的是刺骨的寒冷。

但这是件好事，起码说明他还没死。

他慢慢把自己的身体撑起来，发现手里竟攥着一把冰凉的草根。

举目望去，眼前的一切陌生而奇怪——他们竟似坠落在一片被白雪覆盖的山谷里，没有被冰封的花草树木，只有一片银装素裹，但仍有盎然生命力的针叶林。

林边有一条称得上宽敞的河流，结了薄薄一层霜，依稀能听见冰层底下汹涌的水流声。

但星江画廊却从未有哪一处有这样的景象。

T挣扎着从坠毁的机甲残骸里站起来，智能时代的机甲就是有这点好，永远会采取对驾驶员伤害最小的降落方式。

他跛着脚一瘸一拐地挪了几步，才算找回了自己的走路方式，忍着疼痛往不远处的另一架坠毁机甲那里跌跌撞撞地跑去。

N看上去先他一步醒来，正席地而坐，靠在残骸边喘息着，像是一头受伤的野兽。

T以为他是伤着了脚才无法站起，于是想上前查看一下他的伤势。哪知N突然暴喝一声："别过来！"

T立即止住步伐，浑身紧绷进入了戒备状态："怎么了？"

N粗重地喘息一声，似乎自己也觉得不可思议，半是无奈半是自嘲地叹笑道："你看这周围是什么？"

T一怔，这才环视四周，鼻尖微微动了动，一股对他而言再熟悉不过的气息钻入鼻腔——这漫山遍野的针叶林，竟然都是雪松，与N的费洛蒙气味一般无二！

刹那间意识到某件事的T面上露出了难以置信的神情，带着诧异一点一点将视线转回N身上，同时有意去感知方才因为太过慌乱而忽略掉

的某种气息……

现在它是如此的明显而猛烈，如同铺天盖地的潮水一般涌动在N的周身，仿佛蛰伏着霸道而危险的凶兽。

那是N的费洛蒙，磅礴凶猛的潮水气息，满载着盐类、矿物质与河底泥沙的独特味道，让人觉得像是世间最宽阔的河川扑面而来，又像暴风雨夜骤然开窗被呼了一脸的狂乱碎雨。

T面色一变，猛然退后一步，暗自心惊——幸好他出任务前刚用过特效药，且处于虚弱期刚结束的这段最不容易被影响的时间，否则极有可能被这强横的费洛蒙直接导致虚弱！

"懂了没？"男人霸气地坐着，明明克制万分，难受至极，却偏要以山大王般的坐姿释放自己嚣张跋扈的威压，声音低沉地强笑着宣布道，"再靠近的话，当心有危险啊。"

 09

T愣愣地瞧着席地而坐、正处于极端危险状态的男人，一时不知该说什么好。这家伙，看来是真的很喜欢……

"幸灾乐祸够了没？"N声音嘶哑，一只手紧紧攥着地上的草皮，却还是要挤出一个痞气的笑来，"你也见过我虚弱了，要不然也乘我之危一下，这样咱们彻底扯平了？"

"你……少在那里以小人之心度君子之腹，我没幸灾乐祸。"T隔着几步远蹲下身来，让视线跟N齐平，"接下来你打算怎么办？你会——会难受吗？"

关心的话语从口中吐出，无论如何都是一百个不适应。T强迫自己把这句关心问出口，而后装作无事发生，继续目无波澜地注视着N的脸。

"咳……难受倒是可以忍，你们那类特定人群总是让我们别小瞧你们，倒是也别小瞧我们啊。"N撑住地面调整了一下坐姿,刻意地避开T的视线,"至于怎么办吗……知道这是哪儿吗?"

"不太确定,这里看起来既像驻军星,又不像驻军星。"

"那你的感觉倒是没错。"N又咳嗽了一声,嗓音却还是嘶哑,"有一些高级机密文件你没看过,是关于这个星球的一些数据的,所以可能一下没想到这是什么地方。不过我一说你就明白了,这里是几十年前的星江画廊。"

"意思是,这里是翘曲空间?"T微微一讶,"原来这个星球的时空是折叠的?"

"不错,就跟一张白纸对角线上的两点差不多,明明离得很远,但把纸卷一下或者折起来,两个点就会重叠……"N似乎对这些弯弯绕的理论也不太耐烦,用通俗的三言两语飞快带过了,"文件里说驻军星北部的时空翘曲现象比较频繁,咱们跌下来的中途,应该有个异常能量波动让我们跟几十年前的那个点'重叠'了。"

"难怪这里还没被冰封,几十年前的驻军星还在降温过程中,只是结了一层薄霜。"T蹙着眉心点了点头,"如果是翘曲空间,要出去应该不难,只是我们没设备……"

"啊,只能先活到外面的人把我们救出去为止了。"N耸了耸肩,脸上的神情看似无异,细看却会发现他腮帮子绷得紧紧的——也不知是在多用力地咬牙克制着什么,"话是这么说,你能不能先帮一下我……"

"……滚。"

⚠ 10

白雪覆盖的雪松林一片静谧,对于N而言却是足以点燃无尽血液的囚笼。

即便捂住口鼻能够稍加缓解，但最开始已经跌入虚弱期的事实不会改变。

N缓了一段时间，一撑地面站了起来。

T下意识地再度后退几步，给足了N个人空间："这样行吗？"

"差不多……再退两步吧。"N无奈地摆摆手，一度让T有种错觉，自己身上是有什么很难闻的气息才会被这样嫌弃。

T只得又退了两步，两人相距快有十米，说话都快要用吼的了："这样？"

"那什么……扣子开了，你系一下。"

T无语地撇撇嘴，听话地把制服领口的扣子系上了。

"头发，"N说着拨了一把自己的头发，"你理一理，又乱又遮眼睛看着太……"

T：……

你从大气层外坠毁还穿越，头发能不乱吗？

心里骂归骂，T还是依他，用手指把头发梳梳顺，往后拨了拨露出额头。

"算了算了，全系上太好看了。"N一脸无法直视的样子捂住眼睛侧过了头。

T被噎了一下："你在想些什么啊？！"

"你又没在虚弱你懂个什么！"倒霉的人狂躁地揉了揉自己的头发，用力揪住自己的衣领来回扯了扯。

好吧，光从情绪失控这一点上来看，这家伙确实是实打实地虚弱了。

大概是这种状态下的N太过稀罕，T没来由地"扑哧"一声轻笑了出来，笑完后猛然意识到自己似乎是觉得这平日狂霸酷拽的男人……有点儿可爱，于是瞬间变成一脸吃了榴梿般的恶心，恨不能对着雪地干呕几声。

由于N非要说走在T后面会受不了，被T揉了一个雪球隔空狠狠扔了一下，所以两人采取一前一后相隔十米的队形沿着河岸行军，N走在前面开路。

"喂，首长，"没走多久，T难得地主动开口，"你们那种特定人群虚弱就是这样的？看起来挺轻描淡写啊。如果是我们，肯定已经没力气走路了。"

N脚步一顿，一脸低气压地转回脸来："那是因为我厉害，你下辈子投个胎试试？"

T再度换上一脸吃了榴梿的表情。

N冷笑一声，头也不回地继续往前走，忽然又仰天哀号起来："T队长，能不能请你别哪壶不开提哪壶？！咱能换个话题吗，我很不舒服了啊！再说就没法走路了啊！"

T："……好好好，对不起。"说罢T悄悄憋笑。

⚠ 11

隔着十米也吵吵嚷嚷地闹腾了一路，两人终于找到一处积雪厚实的山坡，打算就此挖个雪洞凑合着安营扎寨。

刚入军营时大家都受过严格的培训，知道如何在各种环境极端恶劣的星球绝地求生，在这种自然环境优越的条件下生存更是小事一桩，因此挖起雪洞来谁都不会比谁技术差。

两人轮流干活，T挖的时候N就到远处的树下坐着。

想来N也是真挺惨的，这么冷的条件下估计怎么都提不起心情。

轮到N时，T便出去搜刮些能用上的材料，某回N实在是压抑得难受，便一屁股坐在地上歇了一会儿，一转头发现T不知何时竟已提前回来了，抱着一捆树枝躲在树后暗中观察。

N烦躁地转过头，有气无力道："……你躲那干吗？"

没好意思说自己是担心他才折返回来，年轻的军官抱着树枝脆生生道："来看看首长你有没有忍不住对树做什么……。"

"去你的！"N笑骂一声，揉起一个雪球便没好气地砸过去。

"你也太没当首长的威严了吧！"T轻巧地闪避开这个算不上多狠的雪球，被冻得微微发红的脸颊在洁白的雪地里分外好看，不再有开机甲时那种刀锋般的冷厉，更加俊俏了。

T忍着笑意道："难道你对下属都是这种态度吗？喂，怎么当上将军的啊！"

"谁跟你说我这是对下属的态度了？"N瞥了他一眼，抬手拍了拍刚刚用雪筑好的台阶，"小T同志，你想想，都纵容成这样了，我这当然是百年难得一见的态度。"

T被后半句弄得猝不及防脸一烫，不惜对不知道高了多少级的上级口出狂言："滚！我的风评都是因为你才败坏的！"

此时正好一阵寒风过来，将松树上的雪吹落些许，掉进T的衣襟。

T被冰得手一颤，怀里抱着的树枝都失手掉到了地上，扯着衣服"嘶"了一声，又湿又冷的胸口让他克制不住地打起哆嗦来。

N见此嘲笑似的轻哼了一声，旋即故作无事地轻松道："我虚弱期的热度好像暂时压下去了，你可以过来了，里面暖和些。"

T警惕地瞥了N一眼，发现对方好像确实恢复了那副游刃有余又欠揍的模样，出于短时间内培养出的诡异信任，便不疑有他，不客气地走到雪洞口，弯腰准备钻进去。

可谁知方一俯身，便被一双有力的手臂一把圈住了身体，压在了地上。

T：？！

N双膝分跪，没有多言，而是动作果断地脱下了上衣。

 12

T睁大双眸诧异地望着N，很快被一件带着体温的衬衣重新裹住肩头。

N先帮他一颗颗系好衬衣的扣子，再把制服外套也往他身上一披，而后才捡起T那件小了挺多的衬衫，掸了掸之前雪水落到里面形成的冰碴，慢条斯理地给自己穿好："雪地里换衣服，不用打仗的速度，是想冻出病来不成？"

说罢也不顾T那件可怜的衬衣被自己健硕的肌肉撑成了露脐装，自顾自地穿上了自己的外套。

"你……"T咬了咬下唇，狠狠瞪他，"你好好跟我说不行啊！"

"那怎么行。"穿好衣服的N忽然又俯下身来，静静地抱了T一小会儿。

T感受到他浑身发烫。

这个虚弱的人没有其他的动作，只是很用力地抱着，像是在汲取获得安全感的气息。

T忽然想起那颗糖果形的特效药，它很甜。
T现在好像感受到了比特效药还甜的味道。
他感受到周身的气息瞬间凝固，又如决堤江水般汹涌释放。
N死死盯着他："是我想的那样吗？"
回答他的，是一阵席卷而来雪松清香，夹杂着焦糖牛奶的甜味——
这无疑是最好的回答。

⚠️ 13

几个小时后，上将带着大部队驰援而至，赶到驻军星解围，逼退了敌军舰队，并通过遗留下来的能量场波动把两位差点被以为英勇牺牲的将士从翘曲空间内救了出来。

出人意料的是，两位身体素质过硬的军人双双陷入重感冒。

一个是平日嚣张跋扈惯了的前星盗现少将，一个是敢把机甲旋成刀

花直插敌腹的"敢死队队长",无一例外都把自己裹在恒温发热的毛毯里,一边发着抖一边跟上将汇报情况。

一同前来的统帅还没来得及换下那身跟上将配套的礼服,两人估计是音乐会听到一半被战报打断赶来救援的。

统帅一见两人便猛然一愣,难以置信地动了动鼻子,立即大惊失色大步流星地冲到 N 面前。

"咳,统帅……"上将轻咳一声拍了拍身旁的空位,示意统帅赶紧坐到主座上来,"你要是想早点收到好消息的话,就不要耽误他们回去的时间了。"

上将的调侃,愣是让年轻的军官当众闹了个大红脸。

"所以说,"陆参谋跷着二郎腿啜着一袋蔬菜汁,"那个时候,他到底是怎么说的?"

"对啊,我也想知道。"反坐在一张椅子上,胳膊肘搁在椅背上托着脸的封少尉也满脸好奇,"就驻军星那次,你俩在天上二人转,从大气层外转到大气层里的时候,他让你用违心的话拒绝他之后,到底说了什么啊?"

T 端起一杯空间站茶馆里特产的矿物茶,指尖挠了挠发烫的脸颊:"咳,其实当时……我还以为他会说出什么典型的直男语录。"

"比如'安心做我的搭档吧'?"陆参谋秒答。

"或者'你,逃不出我的手掌心'?"封少尉抢白,不愧是损友,连这种话题都一副很能找到共鸣的样子,且第一人称用得相当有灵性,"还是'我要让你再也上不了单身靓榜'?"

"嗯……我以为他会说这种话的。"T 低头搅着牛奶里的方糖小声道,"但不是。"

"你别卖关子了,到底是什么啊?"

T 清了清嗓子,轻声道:"他说——你少跟封少尉一起玩,不然我会

不开心，然后以公谋私把他干掉的。"他一拎军装外套便从椅子上起身，带着笑意边将外套潇洒地甩到肩头边往外走，肩章上的三颗星熠熠生辉，"所以为了你的生命安全，我得回去了——陆参谋，遮盖剂借我一下——"

"T上尉留步啊！那句话肯定不是这个吧？肯定不是吧？到底是什么啊！"

"你这样就很不够意思了。别急着走啊，有什么是大家不能分享的呢？"

"T上尉，请问你们是在翘曲空间那次……"

堂堂中尉和参谋像八卦记者一般追着T出了门，场面引得茶馆路人们一阵侧目，不知道这三位面容俊朗的年轻小军官们闹的哪一出。

不过当三人踏出门的那一刻，封少尉和陆参谋突然双双来了个急刹车，原地并腿立正："首长好。"

骑在那辆横停在门口的磁悬浮摩托上的男人笑了笑："怎么，你们喝个茶还给他搞欢送会？"

T见到他，嘴角几不可察地翘了翘，居然也慢吞吞地立正敬了个礼："首长好。"

跟这个一脸欠揍的男人之间能有什么小故事呢？

无非是最寻常的种种，无非是某次不小心点开了他忘记关的个人终端，一眼望见了一个熟悉的粉红色App，发现里面从自己当上警卫员的那天起就被人记得满满当当。

"真实虚弱期"和"他以为我以为的假虚弱期"标注得清清楚楚又小心翼翼，而且他不知哪来的自信，替自己把每一天的心情都点亮成五颗星，为数不多的四颗星是自己离开他外派出任务的日子，简直是强行"思念成疾"……

且从进入翘曲空间的那天起，他App的个人日记里狂打了一串感叹号。

仿佛能够想象出男人写下当天记录时满脸的得意和骄傲，像是有一根翘上天的尾巴被时空翘曲现象折叠到了今日，浮现在T眼前，惹他发笑。

不过是这些种种罢了，当你有一整罐糖果时，每一颗都不再是值得说道的特例。

　　N嗅到了空气中的一丝清香，脸色一沉："你喷什么遮盖剂，以为我连你跟谁聚会都查不清吗？"

　　欲盖弥彰还被抓了个现行，T"切"了一声抿抿唇，还是乖顺地爬上摩托。

　　封少尉和陆参谋立正归立正，还是忍不住默默打开墨镜里的摄像功能，目送这两人骑着摩托潇洒地驰骋向浩瀚天际。

 14

　　"拒绝我说的就好了。"

　　坠落前的几十秒，璀璨的双星旋转、相拥，像是浩瀚宇宙中沐浴在光箭之雨里的盛大约会。

　　"我知道你不是那种需要保护的人，但如果，你愿意交出一个让某人跟你互相保护的机会……这个机会——那句话怎么说来着，"男人嘴角咧出一个笑，痞帅到像是在跟全宇宙宣战，"虽千万敌人，吾往矣。"

END

WHAT IS THE TRUTH /// [TRUE OR FAKE ?]

y

truth or fake ?

what is the truth//what is the truth//
what is the truth//what is the truth//
what is the truth//what is the truth//

YI

WHAT IS THE TRUTH /

| TRUE | OR | FAKE ? |

ZHENXIANGSHIZHEN IV

// YI BAN
// yi ban

YIBANYIBAN

WHAT IS THE TRUTH # //YIBANYIBAN/

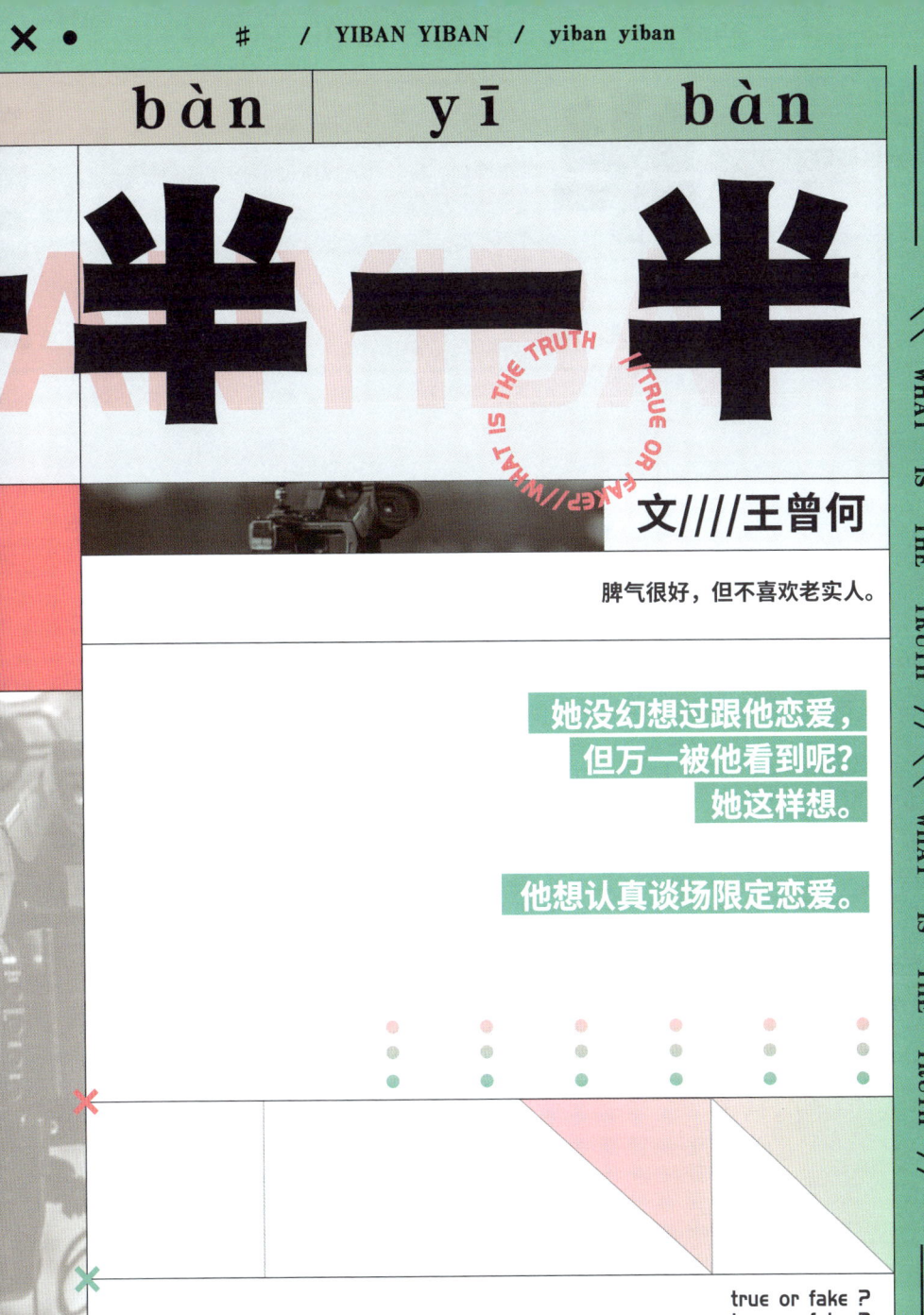

WHAT IS THE TRUTH /// [TRUE OR FAKE ?]

一半

文/王曾何

脾气很好，但不喜欢老实人。

01

A 最近有两个烦恼。

一是女友要分手，二是因为抑郁症，他最近连食欲都没有了。

A 今年 27 岁，出道八年，是曾经红过的超级男团里，人气中规中矩的老幺。

出道前他是学生圈里有名的帅哥 B-boy，也是出道后队里唯一一个坚持每天打卡练习室的成员。

个人职业生涯高光时刻，是在综艺节目里穿女装，并且靠这个表演拿下三个单人广告。

他其实是有点清高的，觉得自己的演艺事业不该只到这里，但具体还能做什么也说不上来。

男团事业已经到了瓶颈期，成员们都在自谋生路，还房贷养父母攒老婆本。

所以最终他为了赚钱，还是接了这档粉丝听到就喊打喊杀的明星假想恋爱综艺。

这个节目简单概括就是两个明星在几十个工作人员的注视下，谈着有剧本的恋爱，然后镜头一关各回各家。

这个节目就像他的组合一样，成了即将瘦死的骆驼。

他很清楚，所以不指望靠它翻红，只想找个工作赚点儿钱，而且常驻这种综艺还能刷下存在感。

虽然是偶像男团成员，但出道八年来他就没停止过恋爱，嘴上说着不想让粉丝伤心所以不参加这种节目，实际上是女友不同意。

节目组给他提供了一份女嘉宾名单，照片年龄三围都有，全是出道不久刚有点话题的小咖，其中还有个前前女友。

A挑花了眼也分不出来谁是谁，索性让节目组自己选，要短发身材好清纯派的女生。

过两天他又补上一条：文艺点。

前面是自己的喜好，补上的这点是顾及粉丝的观感。

B从记事起就是长发，听经纪人讲完要求后就回家了，第二天再出现已经是短发了。

反正她是铁了心要上这档节目，其他几个女明星还在扭扭捏捏怕影响其他工作的时候，她已经爽快地跟经纪人提着咖啡去见制作人了。

A出道前，B就认识这个男生。

最开始是被朋友拉着去看帅哥跳舞，后来她也成了为他鼓掌的众多女孩中的一员。

A和朋友们周末晚上会在固定的广场跳舞，他站在最中间，人气最高跳得最好，不过每次也走得很早，搂着黑长直的漂亮女友。

他的女友换过好几次，但女友黑长直这个发型倒是从没变过。

后来他出道了，B也勇闯娱乐圈。

他最当红的时候，她还给他当过广告群演。可能是差了点儿运气，直到去年B只接到扮演恶毒女二的角色。

总以为他喜欢黑长直，所以B拒绝染烫，更别提剪短了，尤其是工作场合。

B 没幻想过跟他恋爱,但万一被他看到呢?

B 这样想。

02

A 终于成了她的搭档。

提前找人打听了他当天的造型,B 照着配了身情侣装,在镜子前美滋滋地照了半个多小时。

两人第一次见面是在书店,这是 A 要求的。

这次录制并不愉快。

A 给自己设计了五种出场方式,一直在室内彩排,开机喊到第三次他还说再等等。

刚开春的 3 月,B 穿着短裙在外边等了半个多小时,最后导演看不下去,亲自施压才终于开拍。

B 想象中的画面是,B 推开门正好撞到在门口等待的 A 怀里,但到了实战,B 却弓腰躲开了这个假抱。

一是 B 等太久了很生气,二是 B 觉得他这个黄毛飞机头造型实在太丑了。

A 大概是不开心,只顾着自己秀才艺,对聊天也没什么兴趣,两人尴尴尬尬地结束录制,联系方式都没留。

下班后,B 站在车旁边等经纪人,A 开着辆骚包的红色敞篷车呼啸而过,两人通过他的后视镜对视一眼。

没想到这期竟然创造了节目这半年来最高的收视率。

看明星尴尬远比看他们演偶像剧更有意思。

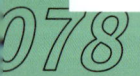

03

B 觉得自己的青春大概是错付了，也就没再想搭配情侣装。

A 被女朋友警告了，要求他下次录制得戴上情侣对戒。

A 理解女友这种心情，爽快地答应了。

第二次录制在健身房，B 穿着瑜伽背心。

经纪人看不下去她这身打扮，开拍前硬给她在背心外加了件小外套。

下午录制时，听说 A 上午都泡在健身房，健完身后直接就穿着背心来录节目了。

开拍十分钟后，B 逮着机会赶紧脱掉外套，准备秀一下身材。

两人身材都很好，但加上两人汗涔涔红扑扑的脸，显得有些不合时宜。

转场时导演招呼他们过去，乐呵呵地说，下次不要穿这么暴露了。

B 抿着嘴没好意思大笑，A 不知道什么时候把她的外套拿了过来，导演一走就给她披上了："拍也拍完了，不用再露给这些人看了。"

两人这次有了独处的时间，在车上，没有工作人员只有摄像机。

A 负责开车，因为有单手倒车的场景，还特意去洗了手。

护手霜挤多了，A 就往 B 手上蹭了蹭。

B 还沉浸在第一次和 A 有肢体接触的甜蜜回忆中不可自拔，就看到他从兜里掏出一枚戒指戴在无名指上。

大牌经典婚戒。

B 气得晚上没吃饭，狂跑了五公里。

04

两人的尴尬相处模式挺受观众欢迎的，大家说这个节目做作惯了，

WHAT IS THE TRUTH /// [TRUE OR FAKE ?]

老想着弄些王子公主不接地气的虚假人设，现在来的这对反而挺清纯的。

有广告商邀请他们拍宣传广告，还有同节目里另一对搭档。

那对搭档里的男明星是圈子里有名的狗男人，表面是放荡不羁的摇滚帅哥，实际上满口黄腔手段下作，最爱骗刚入行的小女生。

B 有点怕他。

拍广告那天 A 因为工作来晚了，进去时看到那人正紧紧地搂着 B 拍花絮，咸猪手慢慢往上走。

他直接上去拍掉那人的手，冷着脸说："别拿你的脏手碰我老婆。"

A 比那人高壮不少，单眼皮冷脸的样子很凶，就连工作人员都以为他们真要打起来，还有小跑着去找经纪人的。结果下一秒 A 就跟 B 嘤嘤嘤地撒娇，半真半假地说，除了自己别的男人都是禽兽。

B 踮起脚摸他的头，心里有点小得意又不敢表现出来，拼命憋着嘴都笑歪了："哥哥说得对。"

实际上 B 比他还大一岁。

本来已经关掉的摄像机又对准他们俩拍了起来，A 大手一伸把 B 揽过来，B 没站稳，一掌正对他的胸膛。

很厚实。

下班的时候 A 也是等 B 一起走，目送她上车，临走前跟她说，下次见到那人躲远点。

被婚戒打湿的爱火复燃了。

B 告诉自己，要保持专业素养，他们俩现在的工作就是谈恋爱，那就拿出该有的工作态度，不能跟个怀春少女似的斤斤计较。

05

第十二期节目的讨论度很高。

因为A全程黑着脸，更夸张的是，两人靠在一起聊天的时候，A竟然睡着了。

B是从那时候知道他病得挺严重的，也突然发现，他手上的戒指没了。

录制结束后，B让经纪人要来A的电话号码，给他发了条长长的短信，大意是自己从出道前就认识他，一直喜欢他，以后也会继续支持他之类的话。

短信看起来跟A收到过的很多次的粉丝支持语录没有区别，不过全是她的真心话。

A第二天给她回了电话，说自己早就看到但是忘记回复了。

A的语气很平静，但B听到有点失落，不过很快就被他转移了话题，跟她认真讨论起关于节目以后的录制。

后来每次录制，A都会提前问她的造型，搭配着她来穿情侣装。

那期播出后，粉丝意见很大，觉得他们俩也是在演戏，连半点真心都没有。

但其实他们俩是从那期开始才算是真正认识彼此。

06

A的女友还在闹分手。他同意了，把对方吓了一跳，然后A迅速删掉了她所有的联系方式。

他也想认真谈场限定恋爱。

不对，认真工作，拿出自己的专业态度。

介于上期节目的恶评，这次节目组在租借的"家里"拍摄，他们穿着情侣睡衣，躺在床上看电影。

看的是法国文艺片，其实谁都没看进去。

WHAT IS THE TRUTH /// [TRUE OR FAKE ?]

A被暖气吹得昏昏欲睡。

可能是夜晚有什么神奇的魔法，两人越靠越近，A一转头就能看到她红到几乎透明的耳朵。

A悄悄伸出胳膊，把她往自己这边搂了搂。

大概是真的舒服到脑子停止了思考，A转头的时候两人竟然差点亲到了。

B闪了一下，这才亲到脸颊上。

导演被他那个面红耳赤的迷离眼神吓到了，赶紧中断让他清醒清醒。这个节目只有在下车的时候才能亲！

A出去吹了会儿风，本来想抽烟，但又想跟B靠得近一点，就找经纪人要了块糖，含在嘴里，进屋前偷偷吐掉，顺便轻抽了自己两嘴巴子。

B给两人盖上了被子，A有点不好意思，趴在她耳边小声说对不起。

"你戒指呢？" B戳一下他的无名指。

"分手了。"A扯着她的袖子，两人手都滑进了被子里，"决定认真工作。"

"哦。"下一秒就被他抓住手，B僵在那里不敢动，握在一起的手贴着两人大腿外侧，成了移动火炉。

07

节目组想要把热度再炒高点儿，两边公司商量之后决定走步险棋：私下搞新闻。

从里到外精心护理完后，两人准备去咖啡馆转一圈，然后在A的家里待一会儿。

等偷拍的记者到位，再下去来几张帅哥美女天生一对的恋情曝光照。

当然是不会承认的那种。

去的是离他家很近的咖啡馆，A先进去买咖啡，B坐在保姆车上，挑了个人不算少的地方，戴好帽子口罩，站在路边等他。

两人穿着赞助商赞助的昂贵黑大衣，装成小心翼翼实则特别高调地走在一起，有几个狗仔嗅到猫腻，连忙举起相机拍个不停。

见到有狗仔拍他们，两人就放心了，大步往A家里走，进了电梯才敢拿下口罩放肆喘气。

A这几年应该赚得不少，年纪轻轻就住上了电梯直达门口的大公寓。

B站在门口打量一番他的鞋柜，那里整齐地摆着看起来经常穿的球鞋，整个玄关看不到有女孩居住的影子。

"新买的，"A从卧室拿出一双粉色的毛毛拖鞋，"可以直接带走，反正我家没人来。"

B没应声，默默脱着大衣，和他的外套挂在一起，欣赏几秒后又在旁边挂上了自己的包。

A没再招呼她，窝在落地窗前的沙发上。

地上摆了刚买的饮料，还有几块蛋糕。

"不知道你喜欢什么就都买了点儿，"大概想到她是女明星，"不吃也是可以的。"

另外一张沙发上丢着毯子，B自觉地陷进去盖好，尝一口饮料，竟然是热巧克力！

A闭着眼睛晒太阳。

B抱着杯子也不说话，想着要是不用下去就好了。

两人都被太阳晒睡着了，经纪人打来电话时把他们吓了一跳。

A没接，揉揉眼睛顿了一会儿就去穿衣服了。

B在身后望着他，恍惚间还以为自己是目送老公出门上班的家庭主妇。

A 穿好衣服过来收拾垃圾，蹲在她面前。B 还没清醒，窝在沙发里盯着他。

"是我家沙发太舒服了？还是毯子很好盖？" A 笑眯眯地又给她把毯子掖了掖，"要是你在这儿过个夜会更刺激。"

08

照片拍得很好看，新闻出来热度也很高。

有人骂骂咧咧，有人表示嗑到真的了，反正他俩的讨论度和工作量是"芝麻开花节节高"。

B 接了几个还不错的剧本，A 这边组合回归的事也提上了日程，不用说，这次肯定能轮到个主打 C 位。

节目组趁热打铁，要给他俩准备婚礼。

婚礼前一天，A 自己给 B 策划了场求婚，花钱买了项链、戒指和鲜花，带着节目组跑到她公司楼下，拿着大喇叭喊她的名字，还给所有工作人员送了喜糖喜帖。喜帖也是自己亲自设计的，上面贴着两人出道前的高中毕业照。

B 是从看到喜帖上的高中毕业照开始哭的。

黑长直的自己和他并肩，带着肉肉的脸颊早就没有了，但终于在三十岁之前迎来了喜欢之人的拥抱。

B 高兴到整晚都没睡着，然后第二天神采奕奕地顶着黑眼圈去化妆。

婚礼在市中心的广场举行，本来以为 A 已经过气了，没想到现场来了上千个粉丝。

最初商定好的是仪式是两人牵手走红毯，结果两人一下来，保姆车外就迎来了上千人的欢呼，两人直接蒙圈，站在红毯尽头动弹不得，直到工作人员上来提醒才回神。

不知道 A 是被晒昏了头还是现场粉丝的呐喊声太大，B 去牵他的时候，他抽出手，改成了挎胳膊。

B 像是被人劈头盖脸地浇了一盆水，昏昏沉沉睁不开眼，意识却清醒到不行，清醒地意识到这样不行。

A 练了一段舞，本来是跳给她看的，结果 A 被气氛吃掉了脑子，只对着粉丝群跳，跳着跳着就蹦到了舞台上。

婚礼现场变成了个人 SOLO 表演，A 看都没看她一眼。

B 站在舞台下边，捧花都被大太阳晒蔫了，和她一样没精神，司仪捏着话筒不敢靠近。

A 越跳越起劲儿，全场粉丝都在喊他的名字。

晚上 A 给她打了好几个电话都没接，第二天 B 回了条不咸不淡的短信：找我什么事？

09

两人又回到了之前的状态。

说到底这还是工作，他们和其他上节目的人没什么不一样。

B 接到了梦寐以求的女主的角色，打算在进组前就结束这边的行程。

她正想着怎么开口，A 就被前女友爆出了冷暴力分手的新闻，还暗示他劈腿跟 B 交往。

不用跟节目组开口，那边直接发来了提前解约的消息，并通知 B 录制最后一期。

两边经纪公司也翻了脸。

ＷＨＡＴ　ＩＳ　ＴＨＥ　ＴＲＵＴＨ /// [TRUE OR FAKE ?]

　　Ａ的公司说是Ｂ的公司之前频频炒作倒贴，Ｂ的公司说自己这边清清白白，跟冷暴力男只是工作关系。

　　原本这一期是Ｂ跟Ａ的妈妈见面，结果临时改成两人做饭谈心。
　　其实两人都不会做饭，Ａ气定神闲地掌勺，Ｂ手忙脚乱地又洗又切，最后做出了几盘黑乎乎的菜。
　　谁都没聊婚礼或者下车的事。
　　Ａ兴致不错，把饭菜吃得精光。
　　Ｂ不敢吃太多，只尝了几口意思了一下。
　　最后一个场景是Ａ送Ｂ回家，基本有一半的嘉宾最后都是这样的方式结束。
　　导演急坏了，吃饭的时候想让他俩来个离别吻，不亲嘴亲别的地方也行。
　　可Ａ一直说等会等会，结果快录完了都没亲上。

　　两人在Ｂ家楼下站了一会儿，也没说什么话。
　　Ａ去牵她的手，被甩开一次后不死心又去牵，Ｂ就随他去了。
　　两人牵着手，坐在台阶上看夜空中稀疏可见的几颗星星。
　　工作人员催了好几遍，Ｂ下定决心要先走，想抽出手去找门禁卡。
　　Ａ没看她，手却抓得很紧。
　　Ｂ挣扎了几次只能放弃。
　　两人坐得很近，近到Ａ能听到她细微的叹气声。
　　Ａ握着她的手，用另一只手的掌心触摸她的手背。
　　Ａ小声笑着，过了一会儿把Ｂ的手放回她自己的腿上。
　　他两只手围成喇叭状，没发出声音，说了句，你走吧。
　　旁边工作人员举着"亲"的大牌子来回晃悠，两人全当没看见。
　　Ｂ进去了，Ａ又敲玻璃，给她看自己的手机，上边写着：你长发更好看。

A 养了两年病，再出现的时候白白胖胖的，估计胸肌腹肌都没有了。

有个节目要拍他一天的行程，还公开了他的私人住处，这也是他家第一次迎来这么多人。

他还是窝在落地窗前的沙发里，买给工作人员的饮料还剩下一杯，他看了看，就放到另一张沙发前。

毯子盖在自己身上。

工作人员说那档节目已经收官了，问他作为最后一个小高峰的缔造者有什么想说的。

他其实想不出来什么话，挠挠脖子抓抓头，经纪人站出来想圆场子又被他挥挥手拦回去。

"很多人都关心这个节目的真实度，一半一半吧。" A 可能还想说点什么，最后没说出来，喝了几口旁边的饮料哈哈大笑。

节目播出后 B 也看了，晚上更新了自己的社交网站，分享新买的毯子，配文是：一人一半。

END

供认不讳

文/横竖横

大龄魔法学校留级生。
微博@在八个世界里反复横跳

看到的越多，看懂的越少。
在这个故事里，人们总能如愿以偿。

供认不讳

GONGRENBUHUI

文/横竖横

大龄魔法学校留级生。
微博@在八个世界里反复横跳

楔子

"据悉,阴影笼罩全国十八个月之久的'义警杀手'身份已被警方锁定。知名魔术师D作为唯一嫌疑人,昨日于住所被逮捕。目前尚无决定性证据流出,但如果罪名成立,D将面临最多八项的一级谋杀指控。"

#D的最后致意——用魔术来制裁邪恶!#
#联名请愿活动:假如你也是陪审团一员#

这话题是着魔了吧?什么义警杀手嗜血魔术师,这些绰号听得我要吐了。永远不要随便神化一个凶手,无论动机是什么,他手上八条人命是真的……

目前还是七条吧,说起来,最后那位被绑架的哥们儿到底找到没有?是死是活?知情人士来透个底啊?

"六个小时了,你们还没找到人?!"

"是的,主管,我们暂时……"

"你们就是用这种态度来对付他的吗?这么毫无进展也不算是什么新闻了,我当初还不如干脆把D招进来当特工算了,这混蛋起码还能替我们挽回点公众形象。见鬼……去撬开他那张该死的嘴!"

咖啡和快餐陪着他们连轴转,自从案子被联系起来定义为连环凶杀,探员们已经连着好几个月没休过假了。

结果呢,人是抓到了,却是自投罗网的,给探员带来的恼怒和挫败感远比成就感多。

事情还没完,这个自大狂附赠了一个大难题:他声称绑架了最后一名受害人,而且至今无法从他口中套出半点儿地址信息来,连人是死是活都让他们两眼一抹黑。

舆论快把整个调查局给生吞了。

"我们都知道他是个控制狂,这么做只是为了嘲讽我们的无能。"警卫耸耸肩,连续加班让她熬出了两个可观的黑眼圈,"三个小时,我们七个月的努力就得断送在这该死的三个小时上吗?我真希望大个儿能问出点儿什么。"

大个儿探员从审讯室里跌跌撞撞地出来,很不幸沦为组里第四位惨遭戏弄的探员——他的双手被D用警用手铐铐了起来,谁都不知道这个魔术师是怎么做到的。

"比我强，还能自己冲出来。谁还记得，第一轮审讯的时候他用我的鞋带把我绑在椅子腿上动弹不得来着，现在我知道他们为什么非要规定探员穿皮鞋上班了。"另一名探员眼皮都不抬地把钥匙串扔过去，可怜的大个儿不得不用嘴叼起钥匙一把一把试过去，脸因为恼怒和尴尬涨得紫红。

"闭嘴，我来，"警卫长发一甩，"咔"一声把大个儿蛮横地拽过来，丢一把就骂一句，"他拷你的同时把钥匙也摸去了吗？好吧，这把也不行……啧，还是不对，我担心你得一辈子带着自己的手铐了，他是不是用魔法把锁孔也给变了形？"

探员揉着隐隐作痛的耳骨把手机扔在桌上，无须转达就收获了全组探员同情的目光。

"我真是受够了！你知道吗？就在我不吃不喝不睡美容觉跟他耗着的时候，我妈妈居然要求我教她如何注册一个新的论坛账号，好上去为了D而跟网友吵架！他现在是所有人心中的英雄！"

另一名探员耸耸肩，好气又好笑："巧了，新闻出来之后我有个八年没联系过的表妹发来消息，问我能不能请那位给她签个名。我不明白，我们做这些真的有意义吗？为了把D送上电椅？"

"D在你们手里？"

那一句身后飘来的声音太过理所当然，警员想都没想就回过去："是啊，你也知道他？"

开玩笑，现在全国上下还有谁不知道他。

"不，不熟。"这声音正在迅速闯入，真不敢相信他是在认真回答，"不过我认识他的搭档，A。"

警员愕然噤声。

探员终于反应过来，近乎粗鲁地起身把这个衣着随性的卷毛小个子往外推："老兄，走错部门了，你不能到这儿来……"

"不，我能。"不速之客丝毫不作理会，他避开探员的动作继续往前走，

"背景资料、调查报告和审讯方案，我要你们手头上的所有东西。现在。"

探员心头火起，这小子以为他是谁？

"让我说得清楚些，我是特别探员，"探员发出克制的警告，"这是我的小组和我的案件……"

"不再是了。从现在起，我全权接管这个案子。"

对方冷冷地拍出证件，上面一串醒目的SSA让探员瞬间脸色铁青——

M，调查支援科，高级特别探员。

多个S压死人……

"……我没有收到过任何来自上级的转交命令，"探员咬着牙生硬地加上敬辞，"长官。"

M给了他一个诧异的眼神："你想要那个？"

然后他掏出手机走到一边，旁若无人地拨通了局长办公室的内线，还打了个"很快回来"的手势。

探员吃了瘪，一脸见鬼的神情："A又是谁？"

"A，就是和刚刚那位M一起建立了调查支援科的奠基人之一。"警员眼里开始闪烁出狂热的火花，"他们之所以能屡战屡胜拥有这么高的优先级别，M那个大到变态的数据库可是立了大功的——听说情报局每天都想暗杀他。

"我没说过吗？就是M来我校的宣讲会把我招募进局里的，他那时真是太酷了，像一个传奇的梦……

"总之，A和M当时都是世界顶尖学院的学生，做了个针对全校女生的选美网站，被女孩们投诉了。本来学校给出的处理结果是留校察看，但我们现在的局长，当时的行为科学科组长恰好在两人所在的大学巡讲招募，他很想见见这个四小时内把学校内线搞瘫痪的混蛋，于是旁听了那场校内质证。你猜怎么？

"他对M说，'如果学校把你踢出去，我们的情报调查局欢迎你'。M当场握住了他的手，于是局里就有了第一位肄业SSA，他接手行为科学科进行改组重建时只有十九岁，整个小组的侦破率在他手里呈几何式爆炸增长。"

M很快就回来了，带着他没有挂断的手机，局长的声音直接外放出来："……好吧M，我给你两个小时来处理这个烂摊子，要是——"

M截断他："你知道我只需要一个小时就行。"

连局长都笑出了声："探员，我知道你们在听，其实我们都很想揍他一顿，已经计划了十四年。但有什么办法呢？这浑蛋就是能破案。"

M按掉电话，无所谓地看向他们，意思是"你要的我给了，现在到你了"。

他的眼神刻板而坦诚，嘴唇抿成一条冷淡的直线，连探员也不得不承认其中并无挑衅得意之情。

探员认命地搬起半身高的文件一摞摞放到M面前，而警员则捂着脸碎碎念："天哪，上帝啊，我和M说上话了……"

M看得很专注，阅读速度无愧于他的天才之名。

只不过他是个绝对的科技派，对纸质档案颇有微词，边屈指把纸页弹得"哗哗"响，边伸手截住了助理送往审讯室的汉堡。

挂着实习牌的小姑娘慌得咬了舌头："长，长官，这这这……是给嫌疑人的食物……"

"不，给他点压力更好，我进去之前不用给他任何吃的。"M咬下一大口汉堡，毫不在意扯出的酸黄瓜色拉酱汁粘上页角，"再去买两听功能饮料来。"

实习生皱着脸跑了。

警员闲闲地把一罐备好的功能饮料塞进他手里，M侧头看了她一眼："逮捕到审讯，六个小时，你们就查出这点儿东西来？"

警员一句"不客气"被卡在喉咙里不上不下，脸色很是精彩。

"天眼留下的线索实在太少了，我恨神秘组织，我恨都市传说！真不明白恐怖袭击事件之后为什么还会允许这种东西存在，"警员保持着职业微笑，"遗憾的是，我们用你万能的数据库也没查出多少信息来，长官。"

M不理会她话中的刺，只是摇头："一直把调查重点放在天眼上？难怪被D拖了这么久。动机呢？接触渠道呢？受害人的背景调查薄得像几张碎叶子，完全没有构建起他们之间的关联，我在外面8306个侦探兴趣论坛上能找到的资料都比你们更完整。"

警员辩驳："可是每个案发现场有他留下的……"

M好不动容地回斥："就没有考虑过刻意布置现场误导调查方向的可能吗？像这样被他牵着鼻子走，再筹划一百种前摄手段也是白搭。"

警员陷入了尴尬的沉默。

他们的确慌了阵脚，像解不出数学题一头钻进牛角尖的中学生一样忘记了专业素养。

M似乎也觉得自己有些过，他毕竟不是真正的上司。

"抱歉，"他低声说，"这个案子我和你们信息太不对等，算我作弊，不全是你们的问题。"

紧接着他站起身，把白板上贴着的照片和证据都扯下来："帮我个忙，这些，这些，还有审讯室里所有的布局全都撤掉，我进去和他聊聊。你们等在这儿，我会把人质的地点带出来。"

警员于手忙脚乱中猛一抬头："没问题！我可以作为搭档给您做笔录，我很乐意学习您的经验！"

"不，你在，他什么都不会说。"

M看向那个晦暗的小隔间，其实从这个角度看不到什么，他的目光却好像能够穿透墙面，窥见D心中的秘密。

找到它，捉住它，剜掉它。

他在微笑了，M式的，冷而兴奋的笑意。

"必须只有我和他。"

他就这么趿着人字拖踢踢踏踏地打开了审讯室的门，留下身后忐忑不安的探员和彻底投降的警员。

　　而警卫愤愤不平,把他留下的汉堡纸揉成团直抛入垃圾桶。

　　"他们凭什么允许他不穿皮鞋?"

　　"黑暗英雄?"

　　"庭外法官?"

　　"孤胆骑士?"

　　每念一个,M就扔一张照片在桌上。

　　七个案发现场如同一把同花扑克,在嫌犯和探员之间呈扇面排开。

　　每个人都是被一枪毙命,且无一例外呈现跪姿,双手反剪绑在身后。

　　在照片的边缘,都有一张塔罗牌被扔在受害人的遗体旁,仿佛那颗带走他们生命的子弹是来自命运的裁决。

　　"鉴定科对比过每一个子弹,都来自同一把手枪。"M又扔下一份报告,上面附有照片,弹头在射入后打开成完美的五瓣精钢,"眼熟吗?军方管这叫熊爪弹,它还有一个代号是樱花——射入人体后不会穿透离开,而是像倒钩一样牢牢钩住血肉。这东西已经停产禁用很多年了,囤货的每个佣兵团和组织都有迹可循,其中就包括十五年前主使银行劫盗案的天眼。

　　"你们把它改装得更可怕了,你真该看看那些家伙的脑子……你们叫它什么?"

　　D始终垂着眼帘,半晌,吐出一个笑音:"蛇信。"

　　他的声音湿冷枯哑,像从地狱里爬出来似的。

　　M应景地笑了一声,表示他会把这个名称录入数据库。

　　"蛇信,塔罗,加上受害人手腕上的魔术逃生结,怎么看都像是天眼

在昭告天下,宣布为此次连环杀人负责。而你,则是他们最称手的一把刀。"

"我的荣幸。"D夸张地欠了欠身,狼狈至此,他举手投足仍旧充满了表演欲,"作为天眼的一员,为国家公民处理一些政府顾不上的小臭虫——劫富济贫,替天行道……"

M点头:"大家都很满意。你有没有看论坛上的消息?"

他煞有介事地点开手机,并且道歉说忘了D在押期间无法接触网络:"但你一定在前期就关注过自己的评价吧?事实上你的人气因为被捕而达到了顶峰,他们甚至发起了筹款保释的话题'一想到重刑犯只需要钱和谎言就能获得假释,你不觉得毛骨悚然吗?想要寻回民众的安全感,就把D还给我们吧'。啧,真了不起,已经收集了两万个签名。"

"承蒙错爱。"

D仍是装腔作势,笑得矜贵又随意。

只要他愿意,哪里都是他的舞台。

M也跟着笑,手指打着节拍与他对视,直到任何笑容都无法持续下去。

"够了!"他冷冷喝止。

D的笑容凝固在脸上。

因为他笑得太久,让凝固看起来像一个缓慢的过程,好像两片肌肉吊在半空被逐渐风干的样子,变僵,变硬。

"你把所有人哄得团团转,你的把戏到我这里为止了。"

D屏息看向M,他们有如出一辙的蓝眼睛。

"知道我是怎么想的吗?我认为你是个魔术师,最擅长用些花哨的把戏转移观众的注意力,声东击西,然后做你真正要做的。等他们回过神来,看见的就变成了魔法奇迹。就像你常说的那句话,看到的越多,看懂的越少。

"Because more you think you see, the less you see."

D皱了皱眉,霜冻般的眼珠陡然一动。

"舆论可以引导，现场可以布置——精心挑选的子弹，故弄玄虚的塔罗，还有多此一举的绳结，都是你的烟幕弹，对不对？你用它们完美地骗过了媒体，甚至蒙蔽了调查局，好像拿一块香喷喷的肉吊在狗鼻子前让它一心追着跑，这样它就会离真相越来越远。"

M的十指在照片上来回弹动，像敲键盘一样灵巧而神经质。

M将它们反转、推移、挪动，反复排列组合，似乎想要从这些画面中找出规律。

D被他手上的动作吸引了注意力，也专心盯着照片看起来。

"你也想找出自己的破绽在哪里吗？" M架起腿向后仰，"现场越是普通，越是难以调查。像你这样精心布置，却总会透露出许多信息。在找出所有误导性的线索后，我想，你竭力想把调查视线移向法外正义，假托组织来淡化个人行为，难道你真正的动机，恰恰是出自私人恩怨？"

D松垮着的双手忽然握紧了。

"想通这一点之后，你的案子也就没有什么特别。我刚进局里就处理过两起伪装成无动机杀人的案子。你的终极目标是谁？你处决了七个人，可那都是例行公事，你选用远程射击的凶器，连碰也不想碰到他们……你的目标是失踪的第八个人是吗？我说得对吗？"

M步步紧逼，D却不再说话，他缺少血色的嘴唇抿成一条薄韧的直线。

但M知道自己已经很接近了。

这么久以来，他是第一个距离真相这么近的人。

他打败了"偶像D"，此刻坐在他面前的，只是一个正在行使正当权利的"普通公民"。

M正在把他的层层面具打碎。

但这还不够。

要实现他夸下的海口，就得把所有的D一击粉碎。

最后，拼凑出那个破碎的"嫌疑人D"。

直至供认不讳。

"我的律师在路上了吗？"

"你也要来这一套？律师抵达前不再开口说一句话？"

"我很清楚我的权利。"

"我以为你是不需要律师的类型，你差不多是来自首的。"

"的确不需要。我只是……"D抬头看了他一眼，眼里有种游刃有余的厌倦，"不想再听见你的声音了。"

他还不知道害怕，M不动声色地想。

到这个地步，他还以为自己的秘密很安全。换了别人，也许是吧。

"你可以闭嘴，在他到来之前，"M很欠揍地耸肩，"但你还是得听着，抱歉我是个多话的人。"

他缓缓地，如同从人体中抽离骨骼一般地，从怀中抽出一份崭新的文件，扔在D的面前。

他有意抽得那么慢，那么犹豫——对方也许正在祈祷他做出错误的判断呢。

真可惜，他余光端详着D瞬间煞白的脸颊，M从不出错。

"我在你十三年前的信用卡账单上找到了与房产相关的记录。巧的是，同期A的社交账号上多出了一串钥匙的照片，而照片的背景是，没猜错的话……是南国？"

D不可置信地瞠视着他："你……"

"我知道，这两件事看起来毫不相关。你们可真低调……要不是我认识亲爱的A，我也不会把你和A联系在一块儿。"

这个相当亲密且显然具有某种垄断意味的昵称一下子让D的脸色生硬起来。

"当然，A曾是个优秀的公诉人，你们有很大概率会在某件案子上合作过……"D做了个捞取的动作，似乎下意识想要喝口水。

但M事先要求撤走了所有布置，当然也包括对D的人道优待。

他捞了个空，更焦躁地舔了舔嘴唇。

"得了吧。你会和只合作过几次的临时同事互起昵称吗？"M打了个夸张的手势，"哦，我忘了，也许你成名前的确对每个粉丝都这么'亲切'，尤其是女性。不过我没有这样的习惯。我和亲爱的A……我们的确是处理某个案件时认识的。A需要我提供可靠的证据，我们一块儿熬了好几个晚上。

"嘿，别瞪我，我可是说相当纯洁、相当兢兢业业的那种……那次A打赢了，大获成功。A对我们部门的评价很高。后来……我又在出差途中遇见了A，A也在出公差，不过不是同一桩案子。我们恰好住在某个中档酒店里，A裹着浴巾邀请我进去坐坐。我就问，是以私人名义吗？"

D动作粗鲁地换了个坐姿，那些薄脆的桌椅被锁链敲得咣当作响。

"不可能！"D断然拍桌，"A认识了某个有趣的人，一定会告诉我。"

"可是你却不知道我。"M的表情很是玩味，"如果是可以分享的人，A当然会跟你提起……除非A不想告诉你。"

他的眼睛上下逡巡，寻找D将崩溃的迹象。

但对面的男人只是咬紧牙关，毫不畏惧地直视回去，同样也在窥觑他的破绽。

倘若他们不是这样的身份和立场，抛开此情此景，M也会欣赏他的坚定和体面。

"我必须承认，A是一个很难令人心如止水专心工作的同事。好在那天晚上，我也不用再心如止水了。"

停顿。

大面积的停顿。

只有挂壁时钟在刻板地走动。

M就是用这种随意的口吻，谈论着多年以前自己和对面这个男人的最佳搭档之间的事情，平静地，怀念地。

"公差结束后,我们都回到了生活正轨。但我知道,有种奇妙的东西在我们之间,我和亲爱的A……"

尾音压低,飘散。

M的眼神也在这些断续的、含蓄而令人浮想联翩的回忆里放空。

那种你以为永远不会出现在他脸上的神色,邈远而温柔。

D做了个深呼吸。

"你在试图激怒我。"D面无表情道,一贯笃定的笑容倒是消失了,"没有用的,我是二进宫了,知道你们的这些把戏,我一个字也不信,A绝不会对我做这样的事。"

M前倾身体,他压低眉骨而眼睛向上,看过来时显得极具威压,像雪崩来临前一瞬的冷静。

"我都要为你感到遗憾了。"他说,"如果你不信,就不会回我一个字。"

"A不会背叛我。"

说完这句,D就抱臂阖上了眼。

M注意到他的身体偏向一个微妙的角度,仿佛抗拒着正面与自己相对。

M明白自己正在做一件怎样卑鄙的死无对证的事。

有那么一瞬间他心中起了恻隐之情,拿捏着那张长长的清单,犹豫是否该说下去。

但他职责所在,无可转圜。

"亲爱的A,从十岁赢得国际象棋冠军开始就一直在右手大拇指上带着爷爷送的家族戒指。"M扬起一抹笑容,语速越来越快。

热气从他唇齿间挑衅地逸出,让人觉得没有温度:"A养过一只斑鹦鹉,因为喂食活虫而没能活过一个礼拜;A还告诉我,A一直想在腿上纹一个章鱼,因为A喜欢章鱼,可惜家教太严没能成功……"

这些内容M说得熟练而流畅,他自信绝不会出错。

D没有看M,他目光黏着在某张照片上,尤其是那个焦红的弹孔处。他用力按上去,好像隔空要把那枚子弹按得更狠、更深。

骨感纤细的双手开始无法克制地颤抖，一样是神经质的微颤，M的手是敲键盘的手，他的手却是洗牌飞牌的手。

只有从这一点轻颤里，M窥见了一场残酷的崩塌。

D一定有很多话想问，想问有没有，想问为什么。

但D甚至没法去求得一个答案，一个解脱。

去向他心中的永远不会背叛他的伙伴——A。

这种动摇是会把人逼疯的。

不同的策略，不同的话术，不同的嫌犯有不同的软肋。但结果总是一样，M如愿以偿。在许多个相似的房间里，这样的坠落，M曾见过很多。

"看来你也都记得。"M唇角一扬，轻轻巧巧就把D推下去，下面是百丈深渊。

"A的一切都让人难忘，不是吗？"

D手背上现出可怕的筋络，铐链"咔咔"作响，仿佛下一秒就会不惜掰断指骨来挣脱它们。

但D不会，那些动静正是他竭力克制自己的结果。

"……停下，"D说，近乎恳求地，"别说了。"

打破缄默之后，M看见属于D真实的一角，从碎裂的面具边缘漏出来。

固守一隅，退无可退。

现在他们是在进行真正的对话了。

"你无非想说A不值得。"

"你现在还觉得A值得吗？"

"我不是为了A。"

M皱眉。他喜欢心理战，喜欢交锋，也喜欢赢，但垂死挣扎在审讯中绝不是值得享受的一环。

"你可别告诉我你是为了正义。"M冷冷地说,"我会吐的。"

"……我不是为了 A。"D 固执地重复。

M 看着他握到发白的指关节,像一个坠崖前死死扒住一块碎石的人,M 被一种超出工作范围外的快意席卷了,快意中包含着恶意,对 A,对 D。

"我们为什么不把话说开?被你找上的受害人个个劣迹斑斑,普通人想要接触到他们的背景信息不是件简单的事。所以我的同事怀疑天眼,认为你单枪匹马无法获取这些资料。但如果你的搭档本身就是一位优秀的公诉人,那就说得通了——你看,他们不是由 A 经手起诉,就是由 A 的同事负责,你敢说你不是为 A 善后?"

"不是。"D 摊手,回以无奈的微笑,他已经没有什么可失去的了。

M 深吸一口气,大半个身体撑在桌上,几乎越过去与他面对面,他的耐心也即将告罄。

他们未尝不想咬破对方的喉咙。

"说吧,你是怎么搞到 A 的内网账号的?给 A 灌红酒,让 A 提前沉睡,然后偷偷按下 A 的指纹?"

"不是。"

"或者,你佯装好心,劝 A 把工作上的烦心事都倾诉给你,暗地里却把这些烦恼的人名都记上黑名单?"

"不是。"

"哦,我知道了,催眠是吗?你直接催眠了 A,让 A 把心里话吐得一干二净?!"

D 紧抿的嘴唇间吐出两个字:"不是。"

"哈!还是你逼 A 违规把密码告诉你。"

"跟 A 没有关系!"

D 猛然抬头,额上青筋暴起,而 M 仿若不见,连续的高声追问也让他脖子粗红,话语在他们之间如同错落的弹珠往来飞溅,砸得壁上回音嗡嗡作响，也塞满他的脑袋，头脑却必须转得比单词更快。

"你的最后一个目标是谁？"

"你永远不会知道。"

"在 A 对你做了这样的事之后，你为 A 双手沾满鲜血还有什么意义？来吧，为什么不告诉我，我会把你的表现转告给法官，让他酌情轻判。我们做个交易——"

"那家伙是罪有应得！"

又是停顿。

这一次的时间更长。

那些话语、追问和喘息，那些铮铮不息的杂音，那些被定格的凶悍表情，都像水滴落入土壤一样倏忽无踪。

汗水从 M 的额头滑下，洇入领口时全变作了冷汗。他的胸膛缓慢而夸张地起伏，几乎是一帧一帧地撤回身体，再次和 D 保持了一桌的距离。他坐回到位置上，面无表情，明亮的蓝眼如同冰沁。

"我知道他是谁了。"

越是否认，越是有关。

D 最后的目标，一定是和 A 关联最大的那个人。

那个"罪有应得"之人。

他拿出手机，甚至没有避讳 D 在场，直接打通了内线。

"探员，你们要的第八个人——G，七年前酒驾导致 A 车祸身亡的那个司机。立刻查出这个人名下所有的房产，他一定就在其中某一处。D 习惯在他们家里将他们解决掉，他会摧毁他们最后的安全感。"

没等对面回答，M 就按掉了电话，心不在焉地捏着手机等待外勤部的消息。

D 怔愣片刻，随后爆发出一阵大笑，从他的喉咙里甚至能闻见血腥的味道。

"你早就知道了，你早就知道是那个人！从听见我名字的那一刻开始你就猜到了，但你还浪费时间对我演这么一出把戏！哪怕你明知我什么也不会说！M，你是在有意拖延时间，你和我一样，也想要G死！"

M的嘴唇拉成一条刻薄的红线，他不再把玩他的手机了。

半晌，他挺直他的脊背却避开D临近癫狂的眼神："那么，你做到了吗？"

M没有否认。

D冷却了神色，勾起冷淡的笑。

"你会如愿以偿。"

很快，几张来自案发现场的照片传来。

D在M点开的时候闭上了双眼，很疲惫，却如释重负。

凌乱，惊慌不堪。

餐盘打碎一地，洗衣机还滚动着就被砸倒，肥皂水和脏衣服把阳台弄得一塌糊涂。

与其他案中井然有序的现场对比，简直不像一个人干的。

这种程度的模式改变，如果不是D现在就坐在M对面，甚至可能会被归为模仿犯作案。

而在这一堆狼藉废墟里，G倒在了地上。

M看了很久，锁上屏幕揉了揉鼻梁。

D没有说谎。

D的确不是为了A。

这是愤怒，怒火残留在房间的每个角落。

这个克制的、冷酷的刽子手，只有在他面对终极目标时，才终于失态了一次。但那一次却换取了永恒的宁静。

"A不会赞成我这样做，A在规则上总是很古板。"D自嘲地笑笑，"但我阻止不了自己。总有一个声音在问我，为什么是A？为什么偏偏是我们？为什么那天我不在A身边……"

M没有说话。

"后来这个声音变了,它开始每天质问我为什么还坐在那儿,为什么还能在床上睡着,为什么还没有去把那家伙解决掉?知道情况的朋友都想来安慰我,怕我垮了,但我不敢请他们来。我每天都像只得了狂犬病的狗,到处撒气,没法在那栋房子里合眼,沙发上也不行。我很生气,除此之外再也感受不到任何情绪。那时开始,我就知道我必须要这么做,即便A不会喜欢。"

M静静地看着他,把自己的功能饮料推了过去。D单手拉开,一气喝完。仿佛受到饮料的影响,在他的话音里又现出他所描述的那种亢奋来。

但也都已经是灰烬里的余焰。

"我找到G之前,想过很多开场白,最后一句也没有用上。我懒得让他知道我是为什么而来,只想让我脑子里的那只疯狗闭嘴。没想到他一下子就认出了我……"

D笑着摇了摇头,很难形容那是一个怎样的笑。

"他跪下去,语无伦次地求我,说那真的只是一次意外,说对不起,说他已经是个改过自新的人,说他愿意做任何事来弥补他的过错……可是我一句都不想听。我对他说我相信他,那的确是一次意外。那一瞬间好像他以为我会放过他似的,我才相信人的眼里真的会有光。但接着我说,可我不得不解决你,并且这不是个意外。他眼里的光就'啪'地不见了。"

他应声做了个张手的动作。透过那孩子气的举动,很难想象他当时是怀着滔天的怒火扣动了扳机。

M问:"它还在吗?"

"什么?"

"那只狗……声音。"

"不,不,"D又笑起来,很轻快的样子,"它也不见了。"

"所以你停手了。"

D点头:"如果还有机会见到A,说不定会怪我做错了事。真是奇怪啊,明明我不是虔诚的教徒……但我尊重并理解A,我就跟A说,你也背着我做了错事,我们算扯平。"

他停顿了一下,颔首,像迎来一场盛大演出的谢幕。

"不,不是的。"M忽然有些急切地侧身看他,"有件事我必须告诉你。"

D兴致缺缺地"唔"了一声。

"我和A一起念了两年大学,我们无话不谈。"M停下来,微不可察觉地叹了口气,最后说出一句,"A没有背叛过你。"

他沉默了很久,不知何时D的眼神也牢牢锁在了他身上。D眯着眼,用审视的目光盯住M的脸。

M也不开口,似乎在等D回答。

但D只是动了动唇,双手握紧又松开,最终吐出两个字:"……谢谢。"

M笨拙地耸耸肩。

谈到A——真实的那个,M似乎一下子就被打回原形。

"抱歉,刚刚我不得不,"M吞吞吐吐地,"你知道,A不会……"

D只是温柔地点点头截断他的话,M便闭上了嘴。

他们这样相对坐在审讯室里等待消息的模样,倒生出几分荒唐的默契来。

因为他们曾经占据过同一个人生命中的不同阶段,他们有着同样的玫瑰和仇雠。

片刻之后,M取出腰后别着的手铐。

"我现在要把你带出去,他们就快回来了,你不要惹麻烦,行吗?"

D心平气和地说了句好,就站起来背过身去,双手老老实实剪在背后。

M的实战一向是打马虎眼混过去的,你不能指望一个一天二十小时坐在十块大屏幕前的家伙有007那样的身手。如果现在还有其他探员在,连掏手铐也轮不到他。

"M。"

"嗯？"

M正低头跟那两个金属环纠缠，没注意到D反常的称呼。

"你说你和A无话不谈，但很奇怪，A从来没有在我面前提起过你。"

M手上停了一瞬。

"哦。"M开了个蹩脚的玩笑，"否则你今天也不会被我打个措手不及。"

"你说得对，如果是可以分享的人，A会告诉我，除非A不想。"D没有接他的笑话，"我能感觉得到，这么多年有某个阴影藏在A的过去里。如果你和一个人朝夕相处那么久，如果你关心那个人，一定能感觉到的。但我没问过……没有来得及问。M，那个阴影和你有关吗？"

有关吗？

M的心狂跳起来，这一次他再也不能用玩笑来压制它。整整十四年，它没有像现在这样鲜活过。

"我……"

他猛地住口。

不对！

D所有的侧写都表明他是个轻微表演型人格障碍的控制狂，这种自负到极点的家伙怎么会轻易承认他心中最重要的搭档与别人交好？他才不会甘心！

除非他不得不这样做——他在分散自己的注意力！

"你为什么要对我说这个？"

M用力把他的肩膀掰过来，但已经迟了。

D不知何时把他的配枪拔出来握在了手里，正似笑非笑地用枪口指着他。

"出去，"D用下巴指了指门口，"你不会想成为我第九个被害人的，M探员。"

M，很光荣地成为进入这间审讯室惨遭戏弄的第五位探员。而这一次疏忽是致命的。

"你疯了！"M简直抓狂，"他们都回来了，你会被打成筛子！"

"在你之后，"D挑挑眉，"出去。"

枪口抵上了M的腰侧，M别无选择。

当D紧跟在M身后出门，而M双手高举出现在众人眼前时，整层沉浸在大获全胜中的人们都凝固了。

他们看着M被D一步步往前推，这些防弹背心还来不及脱下的探员愣了足有一秒，才瞪圆了眼睛和嘴巴掏出枪来。

几十个黑洞洞的枪口一致对准两人的方向，"站住别动"和"把枪放下"的惯用警告此起彼伏。

哇哦。

D夸张地做了个口型，他这辈子还没感受过被几十支枪同时指着的压力呢。

"这是我们的总部，这里的狙击手能在三分钟内就位。"M劝得咬牙切齿，"你以为我会陪你一起死吗？现在起码有十二支巴雷特M82A1对着你的脑袋，大魔术师。"

D吹了声轻佻的口哨表示他并不在乎。

"我只是觉得，"他的呼吸碰到M的脖子，后者嫌恶地躲开，"会游泳的人应该死在水里，会打仗的人应该死在战场上。喜欢用枪的人……也应该死在枪下。"

M心念一转，一瞬刹间脑中透亮。

"不,不要开枪！他是想要借我们的手自杀！他没有打算活着走出这里！"

他对所有人大吼，可是没有一道枪口因为他的喊声而移开，他们仍是这样严阵以待，随时准备击毙D。

"你不会想要这么做。"M头也不回地说，豆大的汗水从额角滴落，"别犯傻，你会死得很难看！"

"我倒觉得恰恰相反。"D的声音是阴湿而柔软的，"对一个过气偶像来说，这会是一场很漂亮的落幕。"

　　说完，他把 M 向前重重一推，扬手摆了个相当表演性的姿势，任谁在别处看到都会知道他不是认真的，但是——

　　一道血弧从他胸前灌入，炸开，坠落。

　　周遭的声光和人影都变得很慢，包括他自己倒下的过程，以及 M 半跪下来那句夸张的"不"。

　　"……那只狗。"

　　"什么？" M 随手扯过了一旁刚换上的崭新垃圾袋死命按在他的伤口，试图止住汹涌而出的血液，"别说话！"

　　"那只狗，它没再说过话……它就是我。"

　　"少废话！" M 的手在打颤，力气流失得比他想得更快，他从来没想过人体内的血液流出时竟有这样大的力量，"你知道你死在这里会给我添多少麻烦？我怎么写报告，写你偷了我的枪？！"

　　他恨不得一巴掌把地上这个血葫芦给抽起来，而 D 似乎觉得很好玩，居然迷迷糊糊笑了出来。

　　"A 是个公诉人，很爱惜羽毛……" D 说话开始断断续续了，每说一个字都是对生命的消耗，而救护车好像永远不会来，"刚刚，里面，只有你和我。我不能成为 A 的污点，你，你明白吗？"

　　"你这个浑蛋！" M 骂道，他的动作从不规范的急救变成纯粹的折磨，好像只有疼痛能救 D 一命似的，"我才不给你收拾残局，让义警杀手在定罪前横死情报局总部，我的职业生涯全毁了！"

　　"你应该，" D 竭力抓住 M 的衣襟，"就当……你欠 A 的。"

　　M 愤怒地甩开他的手："救护车在哪里！"

　　但救护车永远在迟到的路上。

　　因为在这个故事里，人们总能如愿以偿。

M第一次出公差坐飞机时很紧张，即便A坐在他身边也于事无补。

那时他们还没有自己的部门专机，甚至还没有调查支援科。他们即将前往一所大学交涉一些权限相关的问题。作为实习生，这次成功与否将直接决定他们的转正。

M从登机开始，整个人都进入一种机械状态，关节扭动会发出"咔咔"声，紧张到胃痛。

他不像A总有许多退路，他把这次机会看得很重。自从接触过联邦调查局的数据库，他相信自己找到了真正想要的东西。

"一杯橙汁，麻烦你，小姐……哦，不好意思，这个人有社交恐惧，别介意。你们有功能饮料吗？唔，没有也没关系，给他一杯牛奶吧，谢谢了。"

M其实并不记得自己喝下的是什么。

只是A习惯了照顾M，似乎认为自己对于M的任何情况都负有责任，现在必须替他散散心。

A鼓励M来聊天，M充耳不闻，死死盯着手中的纸杯，云层中气流一个颠簸，饮料险些泼出去。

A再接再厉："想不想听点八卦？我以前混过一阵子报社，什么都可以问，我不会有任何保留。"

"说起八卦，我倒看了些东西，"终于意识到A的好意，M回过神来，想起自己前一阵子似乎无意间黑进了六处的绝密档案室。

"A，你知道吗，关于王妃车祸的真相，其实……"

前座的少女伸长耳朵等下文。

吓得A连忙捂住他的嘴："M,这个不能乱说,我们换一个,换一个……"

M一歪头，眼神很无辜：这个为什么不能说？

A没办法跟他解释，这种震碎三观的八卦一扔出来，估计两个人没到地儿就要被查水表了，还执行什么任务？

"好吧，"M委屈地撇撇嘴，"那我们来聊聊黄道连环案。前几天我黑到了秘钥，其实那个凶手早就被抓到了，只不过调查局出于——"

A一口橙汁呛在气管里，拼命给他使眼色，M更疑惑了，这个也不能说吗？

"那你想不想知道，XX区里面关于外星人研究的进程，实际上那是——"

这回不光是前座，四周的乘客纷纷停下手里的活儿，眼里闪着光朝他们看过来。

A崩溃，还要强颜欢笑出去做临时公关："各位各位，我朋友他，呃，他平时就是喜欢研究这些奇奇怪怪的东西，都是假的、假的，都市传说而已……"

M有点不悦："A，是你提出想要聊八卦的啊。"

那些情报，明明都是真的……

"我错了！我错了还不行吗？我们不聊天了，M你困不困，困了可以靠在我身上休息，"A拍了拍自己的肩膀。

M咽了咽口水，于是很给面子地靠在他肩膀上，一睡就是三个小时，补眠补得神清气爽。

可怜A下飞机的时候，一直用手揉肩，肩头还留下一摊可疑的印记。

现在想起来，那就是最好的时光了。

而人在最好的时候，不会明白那是最好的。

后来，他和A有关的回忆里都塞满了无休止的争吵。

在大学里，在快餐店，在机场，有限的、能够用来亲热和温存的时间都被用来辩论。

年轻人总有一种本事，能把锋利的话说得更锋利，不在乎伤人也不在乎伤己。

A很坚决地反对大规模的监控，一如日后坚决反对枪支的滥用那样。

M感到不可思议，他以为没有人会那么天真，公民让渡一部分隐私权来换取保障是约定俗成的常识,即便没有人把它放到明面上来说。

隐私一文不值,它只是数据库的垫脚石。

A在雨中对他说,M,你真是不可理喻。

那一刻他知道他们永远无法互相理解,无论他有多喜欢A。

爱不能解决问题,它甚至推不倒一座巴别塔。

于是他踢走了A,在他们共同构建的理想终于成形之际。

M的数据库不再需要A,如果他想要新公式,立刻会有十个哈佛毕业的数学家为他递上稿纸。

起步时他们的办公室在地下室。没有人会在玻璃窗上写公式,因为那儿没有玻璃窗。

那儿没有A的位置。

A走得很坚决,走时伤透了心,便没有接受局里的转岗意见,直接当了公诉人,从此他们鲜有交集。

M想过要道歉,但他有太多的事要忙。要重组部门,要扩大数据库,要面试新人……他总是担心自己做得还不够好,无以证明他宁愿放弃A也要去完成的事业有多伟大。他害怕自己一事无成地出现在A面前。

当M终于让他的部门获得最高优先权,坐着专机全国缉凶时,惊觉只剩孤身一人。

年复一年,他辗转从同行口中听闻A屡战屡胜的消息,道歉的计划也耽搁下来。

他低估了国土面积,这分明是个很大的国家,即便同在一个国度,他们也没有再相遇过。等他空闲下来,A已经遇见了D,他的一切都变得多余。

A去世的消息,他是几个月之后才知道的。

那段时间他正因过度加班突发病毒性脑炎,在ICU昏迷了很久,险些醒不过来。

等他能够坐起来摸到键盘,A的讣告都被铺天盖地的新闻淹没了。

他还是无意中在案件库里搜到的。

正因为如此，这件事给了他一种强烈的不真实感。

你要如何失去一个早已从你生活中离开的人？

他一次也没有光顾过 A 的坟墓。

他还维持着一种稚气的迷信，仿佛只要不去触碰真相，它就无法成真。

M 真正走进埋葬了 A 的墓园，是在某个干爽的秋天。

他因为 D 的死被停职了，在很长的一段时间里接受反复而无趣的调查，令他一度想要离开。

但最终他们还是认可了他的解释，因为局长认为，像 M 这样的人才总该有点儿特权。

纵横规整的墓碑在平地蔓延，沉默地诉说着有关死亡的静美。

M 不知为何想起 A 永远平整的领子和袖口，这里很适合 A。

但 A 走得太突然了，这不是 A 自己选的埋骨之地。

如果有机会，A 是会把自己埋进那种小教堂的，在花圃里跟陌生人挨挨挤挤凑成一堆，放眼望去每个墓碑都迥然不同，墓志铭千奇百怪。

他们在弗城路过一家半山腰的修道院时，A 曾兴致勃勃地跟 M 谈起过。

墓碑周围很干净，四周放着不败的鲜花，想来 A 的家人有定期打扫。M 扫出一块空地，把自己带来的玫瑰放下。

"我从来没有这么真实地感受到你已经不在了，A。不过大概也只有这样，我们之间才能休战。你看，现在我说什么你都没法反驳。

"停职这段时间我会想，如果不是进了调查局，也许我们已经自己创业登上富豪榜了。我们会改变世界。也许在那样的人生里，我就不会失去你。

"不过当富豪的话，很容易被白领犯罪科请去喝茶吧？或许还会被国会质询，我更喜欢我现在的工作，由我来调查和质询那些有钱的恶棍。

"我很高兴我和你都有一份能帮助别人的工作。这种感觉就像……我们的联系还没断开。只要想到你活在这个世界的某个地方，和我做着同样的事情，我就愿意继续生活下去。哪怕不在一起也无所谓。

"不必只有理念完全合拍的人才能在一起。我明白这件事的时候，连 D 也死了。我应该感到开心的，但事实上他的死让我很难过，你和这个世界的联结又断了一根。这偶尔会让我感到……孤独。

"A，我很想你。"

M 立在原地揪了揪鼻翼，一侧脸颊攒出一个小酒窝。

他并不是很擅长对着墓碑讲话，太做作了。放在别人身上，他照例是要出言嘲讽的。

静立到第十三分钟，一通电话响起。他走到一旁的枫树下匆匆接了，又回到 A 的墓碑边。

"你猜到了吧？我想我得走了，"他双手插在兜里耸了耸肩，"现在，我是我们之间唯一一个能帮助别人的人了，我得做完两人份的活才行。"

落叶腾起空中，挽留般在他脚边打了个小小的风旋。

M 注意到 A 没有留下墓志铭。

A 生前是个温柔的人，连留下的悬念也如此温柔。

A 走得那么急，那么突然，突然到他们中的任何一个都没有机会问一句。

A 究竟是为遇见 D 而庆幸，还是为错过 M 而遗憾。

但活着的人就像陀螺，不会因为这样的留白而停下转动。

M 的脚步踏出亦没有迟疑。

毕竟，还有很多人在等着他去救。

END

文/姜桃不限

胡编乱造协会中的一名写作人士。
微博@姜桃不限

00

每个人的感情阈值都是不一样的。

01

X看到队友头上的紫色读条时，震惊地往后退了一步踩到了W的脚。那时W脚上的扭伤痊愈没多久，被他结实一踩，颇有点儿山穷水尽从头来过的意思。

"我瞎了吗？"X尖叫。

"你没瞎，我快聋了。"W把他推开一点，"好痛，你踩到RAP STAR的脚了。"

X恍若未闻，仍痴痴看着那个小读条："我出幻觉了……我早说我应该去度个假放松心情，你看这不就出事了！"

"紫色代表焦虑。"W若有所思,"这表示他才应该放个假,他的焦虑小读条快爆表了。"

不是每个人都能见到别人的心情读条,但每个人都会拥有自己的心情读条。

W以前也看不到,但有一段时间他心情太压抑了,压抑到风吹过来都觉得屁股蛋泛凉,浑身没个着落。

就在那段烦得叮当响的日子,他还要顶着压力去想未来的出路,W觉得自己像一台点钞机,钱"哗啦啦"放进来,再"哗啦啦"飞出去,铜臭味长存,半个子儿没捞着。

也是在那段日子里,W发现了新大陆。

每个人头顶都多了一个小读条,高兴时是红色,像被拉长的太阳。伤心时是蓝色,像即将干涸的海平线。生气时是黑色,沮丧时是灰色,害怕时是橙色……

总之人们在W眼里实现了心情自由,W本人则变成了知心朋友。

"我头顶现在是什么颜色?"既然是同样发现新大陆,X只好做第二个哥伦布,但他一时无法照到镜子,"你的是灰色,你怎么这么沮丧?快,变回红色我看看!"

W缓缓扯开一个弧度很大的笑容:"你现在是橙色。"

X眨眨眼,W又把笑容收回去,换上一个无奈的表情:"虽然你表现得很快乐……不用害怕,你应该过一会儿就看不到了。"

只有当一个人把心情踩到脚底时,他才能看到心情读条。

这是W的爸爸说的,老爷子气定神闲,像是编的,又像是真的。

不过W不在乎真假,那段时间他过得不好,所以能看到镜子里自己脑壳上永远飘着一条浅紫色的读条。

果然到了下午，X又跑来，说我真的什么也看不到了，今早我是不是吃错药了？

W抬起头，发现他的小读条变成红色了。

年轻就是这样好，喜怒哀乐都是速食品，微波炉叮一叮就又是新天地。

见他不说话，X也不急，好脾气等着，等了两秒，却等到Q风尘仆仆地回来，行李箱都从机场拖到了彩排室。

队长帽子口罩墨镜齐全，走路带风堪比007收工，见到他们俩第一句就是："你们俩又被留下来扣动作？"

字字诛心，难兄难弟双双倒吸一口冷气，愤然否认。

"哦。"Q不以为然，潇洒地摘下墨镜，露出一对细长眼睛，"那看来会了？一起跳一次？"

虽然不知道一切是不是命运最好的安排，但遇上Q，他们就被安排得明明白白的。

Q跳舞喜欢咔咔一顿暴跳。

W不行，X也不行，这两人跟在舞蹈机器后边就像掉了螺丝，全神贯注也难赶合拍。

跳完后Q做复盘，X如蒙大赦，累瘫在小角落，闲来无事又想起今早的事情。

"那Q呢？他是什么颜色？"

W咕嘟嘟灌下半瓶矿泉水，沉默半晌："他没有。"

"什么叫没有？"

"他没有小读条。"W撇撇嘴，"Q头顶没有小读条。"

02

初见Q是在夏日，W等着看他的小读条等到了冬季也一无所获。

幸好往后还有许多日子，W心平气和地又等过一个炎炎夏日，却依旧只见少年顶着乌黑软发，孑然一身"行走江湖"。

　　怪事怪事。

　　W怀疑莫非是自己的心情过于快乐，然而转头就看见好友头上的蓝色小读条，问及原因，竟然只是因为宠物不肯乖乖洗澡，把木地板溅了一摊水。

　　什么叫鸡毛蒜皮？

　　这就叫鸡毛蒜皮。

　　不管如何，Q变成了"神秘外星人"，W日思夜想也只能望洋兴叹。他曾专注凝视Q的头顶，以致被发现后被Q暴打一顿。

　　Q最受不了别人目光扫射："你是不是有毛病？"

　　好问题，W顺水推舟，决定不管三七二十一承认再说。

　　Q气得要死，连耳郭也红成圣女果的颜色，闷闷转过去玩手机不理人了。

　　这下就轮到W受不了了。

　　他讲不明白为什么受不了，明明是Q在生气，他自己却先手足无措，一颗心飘到半空像脚底失重，再也回不了头。

　　他好像总惹Q生气。

　　W思来想去，觉得肯定是因为这人另有人格，怎么人人都有小读条，就你没有？

　　他归结了看不到Q头顶颜色的原因，却忘记次次都是Q先来招惹的他。

　　夜里11点。

　　Q在汗水里回头，刚好看到舞蹈室角落侧卧着像小狗一样的W，他正抱着手机敲来敲去，好不自在。

　　"你怎么还在这里？"Q问，他把音乐关掉，却不上前，揭开一张纸巾贴在脖子上擦汗。

"你叫我陪你的。"W莫名其妙,"你说跳到11点,哦,已经11点了。"

"谁说的?我没说。"

Q不承认。

于是W就给他台阶下:"我也不知道谁说的,可能是啵啵说的。"

"啵啵是谁?"

"是它。"W咧嘴傻笑,举起不知从哪里找来的吊坠小玩偶,晃在空中给他看。

Q的头顶还是空荡荡的,任他望眼欲穿也瞧不出个所以然。

可Q笑起来,先是眼睛微微眯住,眉头也轻轻皱了,下一秒却展出一个夸张的笑容,像舞台剧临时笑场,无措又真实。

有些人可能天生就不需要被看懂,B612星球只得一朵玫瑰,小王子懂不懂都会爱她。

11点08分,舞蹈室全面熄灯,两人走路也慢吞吞的,好像在饭后散步,无意义地挥霍许多悠闲时光。

Q含着棒棒糖,桃子味,说话时散发着工业香精的粗劣甜味,小卖部一元一支的那种。

Q来时买了一罐,他最懂人情逢迎,小小心意谁都分一点。

W也有份,只是待遇有别,Q会把糖纸剥开,趁他不注意塞他嘴里。

"我不想吃!"W抗议。

"那你吐出来。"Q笑嘻嘻。

"浪费可耻。"W不愿意。

"真的吗?只是因为浪费吗?"

队长话中有话,W思索了半天,却发现解不出半个字眼。

Q真狡猾,W心是这么想,嘴上却不这么说:"你好聪明,主要因为我比较喜欢苹果的味道。"

Q又笑起来,笑得很无奈,像看不懂事的小孩闯祸又不忍责怪。

03

过两日有群体采访，记者对时下的热点手到擒来，问各位谁对谁最了解呀。

男孩们答完犹嫌不足，又追问那谁对谁最不了解啊。

W是话多王，有话没话都要说，麦克风认祖归宗般最后总要回到他手里。

W这头刚想糊弄过去，那头却感受到有道炙热的目光毫不避讳地落在他身上。

完了，Q在看我，W这么想，还真就这么说。

"Q在看我！"他像小学生打小报告，"那就Q吧，我还在摸索一个了解Q的方法，各位要是有锦囊妙计记得在我微博下面给我评论哦！"

场面话本就一半真一半假，但W说完还是忍不住心虚，偷偷看一眼人家。

Q已经在回答下一个问题了，笑得不咸不淡，还在有意思的时刻提了一句W。

完了，又完了。

W难得开始工作时发呆，他眼中是坐在正前方的队友头顶的小读条，红色一小条饱满得像旭日东升，而队友本人正在悲伤演绎抽到的一段分手戏。

好复杂啊，W盯着队友红红的眼眶感到困惑。

按理说他都哭了，起码小读条应该是沮丧的灰色，怎么这会儿还是喜庆的红色？

有时候小读条也不能帮W很好地了解人类。

他把世间百态看得太重，每个人的喜怒哀乐都有定数，习惯了靠小读条来判断别人的心情可能也不太准确。

于是采访结束W还是忍不住薅住队友："你究竟开心还是伤心？"

队友不知他突然抽哪门子疯,但也耐心地回答:"演员要学会出戏。"

他们在聊些不知所云的东西,W感觉到Q又看了自己一眼,轻飘飘的一眼,却成功在W的心头扎下一刀。

完了,又完了。

W慌张眨两下眼睛,没注意自己到心直口快,居然把话已经先说了出来。

队友好奇地看他,问什么完了,采访完了还是棒棒糖吃完了?

"我完了。"W舍不得自己一口银牙,只好"嘎嘣"一下咬碎刚刚放进嘴里的棒棒糖,还是一元一支的那种。

采访开始前Q像糖果慈善家,人人有份,只是轮到W时他手中动迟了两秒,终于没再给粉色蜜桃,抽出一支苹果味的递了过去。

"你做了什么缺德事?"队友热心询问,"分享一下。"

"那还是你这样问比较缺德。"W的眼睛追着Q刚刚接长的发尾,觉得像一只燕子,"看不出来吗?Q生气啦。"

"你哪只眼睛看见他生气了?"

"我火眼金睛看出来他生气了。"

"啥呀?"队友禁止他胡说八道,突然朝那边喊起来,"Q!"

这下W才是真的慌张起来,他也说不好为什么,反正Q望过来的刹那他竟先一步低下了头,但耳朵还是支棱着。

听到Q慢慢走过来,问队友什么事,然后又迟疑地说没生气啊,最后给W抛下一句:"神经病吧。"

神经病W先生如临大敌,心脏怦怦跳不停。

场记是个年轻的女孩,过来给大家订肯德基外卖,刚好Q出去打电话了,于是她问谁能帮Q决定一下吃什么。

队友随手接过,给Q下单了一份新奥尔良鸡腿堡。

W摇头,无情地把鸡腿堡踢出重围,转而拉拢鸡排厚蛋烧双层帕尼进入决赛。

"大中午，怎么给他点早餐？"队友疑惑。

"全日早餐，看到没？"这次换W耐心解答。

"谁说你不了解Q老师？"场记惊呼，"你可以去做Q老师的代言人了。"

"我出场费很贵——不配。"

话没有说全，也不知道究竟是谁不配谁，W把很多秘密藏在心里。

不远处Q挂断电话再走入人群，这次没有在千里之外，反倒直直朝这边走来，站定在W前面："给我点了什么？"

"鸡排厚蛋烧双层帕尼。"好长的一串名字，W念得绕口，中间还卡壳两次，但总算坚持读完，一丝不苟，严谨得像士兵汇报任务。

Q目光莫名游移，片刻又对上他眼睛："不是说不了解我？"

"你昨晚写在餐巾纸上了。"这是实话，酒店厚厚的餐巾纸，Q半夜饿急了，往上面用圆珠笔写餐单，其中红烧肉出现三次，芝士龙虾四次，最后鸡排厚蛋烧双层帕尼以五次的好成绩斩获榜首，荣登今日外卖列表。

Q不再追问，又露出那个无奈怜爱的笑容，转身离去。

隔日清晨W被视频电话吵醒，他骂骂咧咧地点开，见是很久不见的表哥来电，这种情况下就算他头发睡成鸡窝也要接。

他这边刚想问候对方为何这么早打来，那边却先下手为强抛给他一颗重磅炸弹，说我下个月就要结婚，请你喝喜酒。

镜头一转，照到一个漂亮姑娘。

W倒吸一口冷气，看两人头上闪闪发光的粉色小读条，意识到表哥这次是真的"百年好合"了。

粉色小读条也很常见，就是告诉全世界：大家好我恋爱了。

但闪闪发光的粉色小读条就是万里挑一，是真爱的合法商标。

受到冲击的W同学无心再睡，下楼吃早餐，却在电梯口偶遇队长，两人对视一眼再飞速转开头。

W眼观鼻鼻观心，心扑通扑通跳，电梯从一楼爬到十七楼才给他攒够勇气。

"叮"一声电梯门缓缓打开，W对Q说出一句热腾腾的废话："你也起床了啊。"

Q没做发型，从眉毛到眼睛被遮去大半，竟也能让W看到他翻了个白眼。

酒店自助早餐种类不多，胜在新鲜。

隔壁桌有个三四岁的小孩眼巴巴地看他们吃煎香肠和薯饼，拿起自己面前的粥试图和哥哥们交换。

Q看过去，发现孩子的母亲正在不远处等一碗现煮云吞，等再转过头，发现W已经切下一点薯饼，正准备偷偷喂过去。

"别喂他！"Q大惊失色。

"啊？"W懵懵转头，叉子上还扎有半块薯饼。

孩子在另一端着急起来，知道自己此番很有可能要被"横刀夺爱"，眼泪开始打转。

"怎么能给别人的小孩随便喂东西，吃坏了怎么办？"Q想起参加过的"育儿"节目，非常谨慎。

"那不给了。"W后知后觉地被吓到了，但又被小孩头上的灰色小读条谴责于无形之中，心生不安，"可是他伤心了。"

"眼不见为净。"Q干脆探过头去，当着小朋友的面"啊呜"一口，下一秒薯饼凭空消失，表明已经易主。

"完了，他要哭。"W看着小读条由灰变蓝，开始坐立不安。

"不会吧，他还在笑。"Q不明所以。

大事不好赶紧跑!

W刚牵着Q的手把他带离餐厅,就听见里面传来崩溃的哭声,像最高警报,逼得每个人都频频张望,唯恐撤离不及。

Q嘴里还嚼着那块薯饼,刚刚慌乱间抓紧的两只手也没松开。

电梯正值使用高峰期,等一班起码要几分钟,两人怕被人认出,又匆匆绕去走安全通道。

从五楼爬到十七楼?

两人都有点儿打退堂鼓,可又不敢再出去,只能认命地爬楼梯,累得生无可恋,纷纷指责对方是始作俑者。

"我不走了,我已经累死了。"Q放弃,趴在扶手上。

"还有三层楼,快点,马上到了。"W去扒拉他。

"那你背我上去。"

"背你上去?"W又确认一遍,"那我的腰会断的。"

"我不高兴了,我不走了。"Q耍赖。

"真的不高兴吗?我看未必。"W握住他的手腕攥在掌心,好细一把骨头,叫人万万不敢用力。

"你怎么看?"Q问。

怎么看?

W也不知道怎么看。

Q是唯一一个没有小读条供他解读的人,可话又说回来,有了小读条也未必就万事大吉。

队友的"关于演员要出戏"论给他不小冲击,小读条只能让他看到喜怒哀乐,可人又怎么会只有喜怒哀乐?

但没有小读条也没有关系。

他知道怎么能够让Q高兴,知道Q什么时候低落,知道Q什么时候需要快乐。

你知不知道你有多特别?

W想这么问，可对上Q期待的眼神，七分勇气又兀的只余下三分。

下午5点。

难得提前收工，男孩们作鸟兽状散去，你约我约你去吃喝玩乐。

"Q呢，Q去不去？"队友抬头找Q的身影，"跑哪儿去了？"

"被他听见就给你一顿暴揍。"W在帮工作人员收拾道具，"他不一定想去。"

"你又知道？你代言费多少？"队友同他开玩笑，"代言Q贵吗？"

"快到期了，还不知道续不续约。"W装模作样掰着手指头算。

队友们打算去喝这里出了名的玫瑰甜汤，据说要用九十九朵玫瑰才能酿出一瓶，里面再加珍珠石榴，表面浮出两颗樱桃，像恋人的心脏。

Q果然又推拒了，大家都很熟，不用翻来覆去地讲客套话，只需要摇头说句不去即可。

但他说时还是分了一个眼神给W，看那个人会有什么话要给自己留下。

结果W跑得最快，眉飞色舞地冲在前面，说快去快去，晚上还要回来打游戏。

快去。

要怎么个快法？

队友刚想吐槽，却听见身后的Q突然开始笑，他的笑声穿透力极强，犹如穿云箭拨过千军万马，终于守得云开见月明般开心。

"在笑什么？"队友惊讶。

"他说快去。"Q还在笑，肩膀抖个不停，像跳跳蛙上足了发条，用尽全力在传达快乐，"你没听到吗？"

"快去？然后呢？"队友一头雾水。

"他的声音很像可达鸭。" Q 终于控制好自己,只是已经笑到眼泛泪光,满脸通红。

"好像是有一点儿。" 队友终于也笑起来,更多是礼貌,所以点到即止。

这件事被当作 "下酒菜",其他队友听到都笑了。

W 本人也笑,但觉得 Q 分外可爱。

于是 W 忍不住又思绪漫游了一会儿,想 Q 此刻会在干什么。

听音乐还是吃晚餐,有没有记得吃维生素片?

会不会躺在空调送风口睡着?

若是睡着了又有没有盖被子?

玫瑰甜汤被送上来,人手一杯,大家喝得差不多了就开始谈天说地。十几岁的年轻男孩,居然也有这么多冗长苦涩的烦恼。

W 认真倾听认真开解,看着每一个人头上的小读条对症下药,把兄弟们感动得眼眶湿润,恨不得当场聘请他为私人心理咨询师,以绝后患。

吃饱喝足后,众人仿佛刚被洗去俗尘,脸上浮起平静的笑容。

可等大家转头问 W,你有什么烦心事吗?

W 却只意气风发地摆摆手,说我这个人善于为世界排忧解难,心无旁骛,烦心事都让你们说完了,我没得说。

真的没得说吗?

还是说不得。

两个概念容易被混淆,对面又没有镜子,W 无从得知自己的小读条究竟有没有出卖这份意气风发。

但没关系,反正谁也看不见,人前人后,他都愿意保留这个快乐的外壳。

散场时 W 又额外打包了一份芝士蛋糕,把一开始就从甜水里摘出来的樱桃放到蛋糕上,这才心满意足地退场。

夜里起了风,Q洗完澡想去关窗,刚往窗边走出第一步,门口传来"叮咚叮咚"的声音。两头为难,他最终还是先折回去,透过猫眼看见外面站着傻笑的大男孩。

"有没有人想吃芝士蛋糕?"他说完还举起手中的纸盒,生怕人家以为他信口开河。

Q憋笑了两秒才记得把门打开,看到W有点儿摇摇晃晃地走进来,像失衡的天平,每一步都不分东西。

Q抱着手臂站在原地,看他把纸盒小心放下,又做了个邀请的手势。

"喝醉了吗?"

"怎么会,只有那——么小一杯。"其实压根没喝酒,经纪人不允许他们喝酒。但W用拇指食指比出短短两厘米的长度,表情笃定,脚下却装作不稳,坚持晃了两下,"扑通"坐到了沙发上。

蛋糕取出来时还是完好无损的,值得给本次的"外卖小哥"颁发一个最佳保护奖。

Q把表面的樱桃拈起,状似无意地先递到他嘴边,结果被后者大惊失色地躲过。

W说:"这是特意给你留的!"

于是樱桃在空中绕了一圈又回到了原点。

Q放下樱桃,分心用叉子切下一小块蛋糕,锲而不舍地再喂去他嘴边。这次W就吃了,吃了还很有礼貌地说了声谢谢。

"玩得高兴吗?"Q问。

"高兴。"W好像有点困了,趴在沙发上眯着眼睛,"大家都挺高兴。"

"你呢?"

"我?我也高兴。"

"真的吗?"Q难得这样有耐心,把刀叉和芝士蛋糕都先放在一边,自己蹲下,与沙发上迷糊的人平视,像以前在"育儿"节目里对待闹别扭的小孩,连手都带上十足的亲和力,抚在他耳边。

"应该是真的吧。"W含糊过去。

"那为什么你头上的小读条还是灰蓝色的呢？"

平地惊雷也不过如此，W的大脑接受讯息只需0.01秒，反应过来却要等待漫长的好几分钟。

见W突然抬头，眼神震惊，Q全当是他接受困难，因此又继续耐着性子慢慢解释："你就当我有特异功能，不过一直以来，我真的看得到你头上有这——么长的小读条，像游戏存档那种。"

Q学他，用拇指和食指比出几厘米长度，生动地说明。

"你怎么会看到？"W苦苦思索原因，Q说他一直以来都能看到，可Q看上去又不是心情全天跌到谷底的样子，怎么能无时无刻都看到？

"有天睡醒睁眼就看到了。"Q回答得很真诚，"我猜灰色应该是代表不开心，无论你变成什么颜色，都会混着一点灰色调。"

W突然想起几点事情："你可以看见自己的小读条吗？"

"不行。"Q继续补充，"也看不到别人的，或许你是天选之子。"

"你没搞懂。"W终于明白之前他数次无奈的笑都在笑什么，"人人都有小读条。"

"人人都有？"

"没有小读条的人是你。"

沟通是桥梁，两人长达十分钟的互相坦白，芝士蛋糕在秘密中被无情消解，最后只剩下樱桃梗横在桌面，像楚河汉界，把他们重新划分到新的世界。

W最后累倒，他觉得这简直像喜剧电影，两人互相观察了这么多日子，结果到头来完全与预想脱离。

台上台下，人前人后，他们职业使然，多少有点儿两面派，却没想到是这么个两面。

　　这么多人里，W唯独看不到Q，而Q却只能看见他。

　　可这么多人里，只有W知道那个人要吃什么，高不高兴，会不会去喝一杯玫瑰甜酒。

　　他可以理直气壮地告诉全世界：大家好，我对Q一无所知。

　　到头来却事事一语成谶，旁观者一知半解，他却心知肚明。

　　"其实那天你说我不高兴，"Q回忆，"我是真的不高兴，至于为什么不高兴就不说了，过去了。你说我没有小读条可看，那为什么你知道我不高兴？"

　　"没有小读条看我看什么？我就看你，我看你一眼就知道你在不高兴。"W突然又坐起来，神情还变得有些得意，"你不高兴呢，你眼角就要耷拉下来，对对，就像现在这样，还有嘴巴，嘴巴抿紧一点，像被捏起来的小仓鼠。"

　　生气的仓鼠Q抓起塑料小叉子掷过去，凶器毫无威慑力，却一击即中。

　　"那我问你，如果出现粉色的小读条是什么意思？"

　　"委婉点说应该是有好感。"W吓了一跳，"怎么，我有对谁现出过这个吗？"

　　"那如果粉色外面还有闪光呢？"

　　"非常有好感。"

　　"你有粉色闪闪的光。"Q马上抛出重磅炸弹。

　　"我有？"W眨两下眼睛，下一秒整个人跳起来，"什么时候？！"

　　"现在。"

　　"现在就有？"

　　"以前见到我的每一次，都有。"

07

　　Q不喜欢观察人类，Q只喜欢观察W。

　　看W头上的小读条前一秒还是浅浅的灰白，和自己四目相对的那一刻就会突然多云转晴，粉色一点点充盈到读条尽头，上面还浮现着点点碎光。

　　每次见到他，Q都很想问：你知不知道你有多特别？

　　但很多东西又不用明说，只要他们看一眼就能懂得彼此。

　　他们靠得有点儿近，W看着他干净得好似冬雪的脸，恍惚地想：他在想什么呢？

　　樱桃在齿间碎出酸甜，红得像你我那从不被世人所熟知的青涩的脸。

END

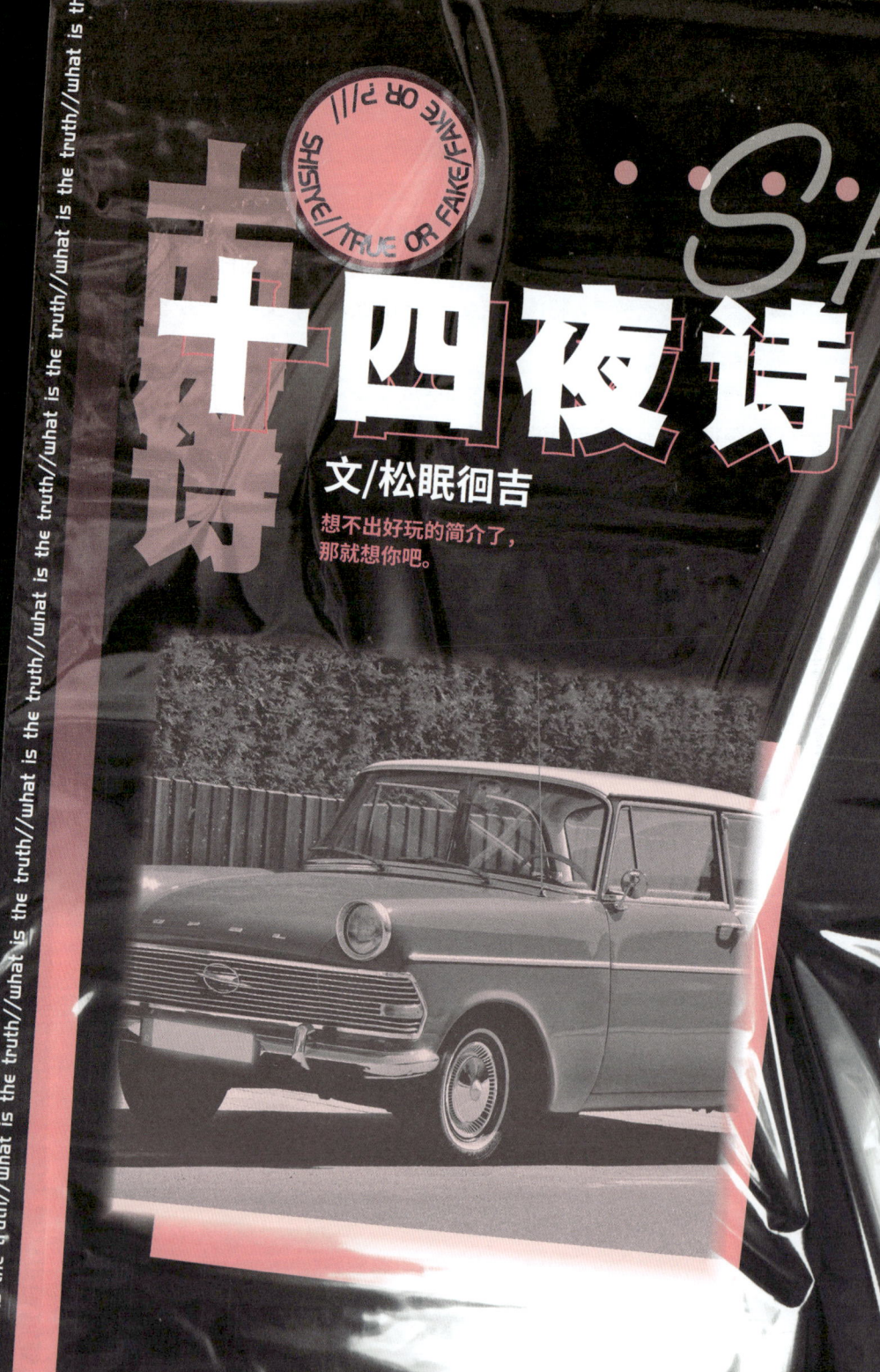

SHISIYESHI

他一转身，
却对上面前一张阴霾尽散的明亮面庞。

SHISI
YESHI

十四夜诗

文/松眠徊吉

想不出好玩的简介了，那就想你吧。

01

年仔慌慌张张地闯进东林弄堂的那方小院时，戎希正打扮周到，准备出门，赴帮会义社邵老爷子的六十大寿晚宴。

"什么事这样急？"戎希对着镜子，瞧着自己这条暗红纹银丝的领带，想，可惜了，等会儿宴会上估计就得断。

"阿四那个杀千刀的小子，竟然在金乐门门口抢劫！"年仔叫道，见戎希神色忽地一沉，补充道："我早跟兄弟们交代过，那里不能生事，这阿四，吃了熊心豹子胆了！"

"先押着他，等我回来再收拾。"戎希系好最后一枚扣子，踏出家门，又被年仔拦住。只见他愁眉苦脸道："要光是抢劫的事，我就不这会儿来找您了，问题是这小子抢了人家的皮夹子，才发现抢的是外租界警务厅厅长的儿子，他抢完怕了，担心那小子回头找人来捉他，干脆一不做二不休，直接把人也绑了！"

戎希的脚步生生顿住，俊脸一黑，咬着牙道："人在哪儿？带我去。"

02

戎希破门而入。

蘅宇一身狼狈，头上的麻袋终于被掀开。

逼仄的屋子里点了一盏煤油灯，光线阴暗，他眯着眼打量四处，看见一个穿着正装，面容清冷俊秀的男人。

这男人低下身子，为他解开了手上的绳索，扶他起来，柔声问："是蘅宇公子吗？"

这人声音听起来温和婉转，蘅宇一时摸不透他是什么来路，但见阿四正在这人身后哆哆嗦嗦，不敢看过来。他便料定面前之人知道了他的身份，是来放他的，不是来灭口的。

蘅宇一肚的火气没处撒，此时劈头盖脸道："抢劫就算了，抢完还追过来绑架，你们是什么人？海城如今已经乱成这样了吗？"

少年人有着一双清亮又熟悉的眼睛，戎希安抚他，给他赔不是。

"是我御下不严，对不住了，蘅宇公子，钱包还给您，一分不少，外加给您两根压惊的小黄鱼。"

瞧这小公子双眼一闭，面色发白，戎希想了想，补充道："从现在起，我欠你一个人情。"

蘅宇不懂这些江湖规矩，也不知道他此刻拥有了一个什么分量的许诺，他也不想拿那两根金条，只想赶快逃离此地。

戎希亲自带着他穿过一众长相凶狠的混混聚集处，蘅宇瞧见了"耀社"的牌匾，才明白这是什么地方。

大家见了戎希纷纷打招呼叫哥，蘅宇惊异："你是这里的老大？"出了黑漆漆的小屋，他见戎希生得白净漂亮，年轻得看不出岁数，着实不像个混江湖的。

他被绑到这里小半天了，什么也没吃，这会儿饿得慌，还没等戎希回话，他的肚子就没出息地响了一声。

戎希送他到门口，摸了摸裤兜，里面有上回没吃完的两颗糖，递过去："给你，瞿福记的，小孩子最爱吃。"

蘅宇瞪他一眼："我已经十八岁了，还有，我不喜欢吃糖。"

"哦。"戎希收回手，低声嘀咕了一句，"小时候不还蛮喜欢的吗？"

"什么？"蘅宇没听清，但也没追问，他望着已经沉入夜色的偌大海城，步伐有些踟蹰。

他前日里才从香城回来，海城各地方综杂，他被蒙着眼带过来，此时不认得回家的路了。

他踢了踢门口的小石子，犹豫着闷声问："你去哪里？顺路的话能不能送送我，我家在西桥别墅区。"

戎希诚恳地回答："不顺路。"

03

长鎏酒店大厅的几十个圆桌下都藏着武器，为保万无一失，邵老爷子还专门在戎希的位置下放了一把美制萨维奇手枪。

人到齐了，戎希示意兄弟们，门厅被悄无声息地上锁，红酒杯碎地声一起，几十张红绸桌布瞬时被掀开，邵老爷子的手下一致朝旁席的一个中年男人冲了过去。

那中年男人也不是个坐以待毙的主儿，顷刻便反应过来，大喝一声召集自己的人马，厅堂里顿时分为两派，乱成一团。

戎希也趁乱拔了刀，他与邵老坐在一处，隔了半张桌子。

有杀气从后背传来，他看也不看将刀向后插过去，听见闷哼一声。

他迅速站起来，一脚踢了凳子，长腿一伸直接跨到桌上，又解决了一个叛徒。

邵老仍旧端坐在主位，好似周围与他毫无关系。

被围剿的中年男子此时被戎希按着头，跪在邵老椅子边，眸中的愤怒与怨恨几乎要冲出眼球。

邵老拄着镀金的拐杖坐起来，男子还在挣扎，戎希将手枪抵在他额上。

邵老沉沉开口："阿瞳，我拿你当亲儿子对待，你却想着篡权夺位，要我这老头子的命。但你没料到吧，我早就知道你在宴会上的计划，我叫了蘅宇贤侄做帮手，你今天插翅也难飞。"

说完，邵老冷哼一声，面向诸位宾客道："惊扰各位了，正好诸位在此，我义社清理门户，请大家做个见证。"

阿瞳狠狠吐出一口血水，邵老转向阿瞳："你还有什么话说？"

阿瞳却不看他，只死死盯住戎希，忽然阴森笑了起来，用只有他们俩才能听见的声音说："戎希，你什么也不知道。"

"砰"一声枪响，为一场血战下了定论。

戎希谢绝了邵老要给他一间铺子的好意，行走江湖，讲究的是情分义气，邵老曾帮过他，这是他该还的。

弄堂里的大红灯笼发出昏沉的光，戎希避开坑坑洼洼的水渍，挑着平坦的地行走。其实他在西桥区也有间小楼，但他住惯了东林弄堂这个小院子。

戎希深夜到家坐在院子里摇椅上，点起一支香烟，烟刚燃起又被他掐掉。

在长鎏酒店没吃什么，他有点儿饿，掏出之前被蘅宇拒绝的两颗糖，含进嘴里，他又想起十几年前追在自己身后叫"小哥哥"的一个小屁孩。

04

再次见到蘅宇时，戎希刚拿下兴中会名下的一间舞厅。

回耀社的路上他偶然瞧见一个熟悉的背影。

蘅宇正蹲在一个小巷口，手里拿着个装牛奶的玻璃瓶，喂一只瘸了腿的小黑猫。

戎希在路边停车，走到他背后，冷不丁地说："小猫不能喝牛奶。"

蘅宇吓了一跳，扭过头，见是穿着一身飞行员式夹克的戎希。他一拍脑门："哎呀，我给忘了，多亏你提醒。"

接着，他手忙脚乱地把倒给小猫的牛奶泼在地上，又从卡其色风衣口袋里摸出一颗核桃，问戎希："那它能吃核桃吗？"

戎希白了他一眼："你吃吧，多补补脑。"

蘅宇只得在跟前的小店里买了点肉末粥喂猫，又被戎希取笑："你倒是奢侈。"

被他三言两语这样拨弄，蘅宇不乐意了，抱起小猫梗着脖子回他："那是自然，它以后就跟我姓了，我的猫当然金贵！"

戎希没说什么，开着车风一般地走了，留蘅宇对着一片尾气吹胡子瞪眼。

05

公馆的壁灯发出暖黄的光，蘅宇在饭桌上显得漫不经心。

他脚边是今天刚捡回来的小猫，正蹭着他的腿撒娇，他逗着猫，有一搭没一搭地听父亲母亲说话。

当父亲口中说出一个熟悉的名字时，他忽然抬了头。

"耀社近日动作大，戎希年纪轻轻却手段狠辣，又诡诈狡猾，假以时日不是个好招惹的主儿。"

蘅宇顿住，想起那个清瘦挺拔的男人，想起他递给自己的两块糖，想起他半途停车提醒自己小猫不能喂牛奶。

蘅宇怎么也不能把他跟"狠辣""狡猾"一类的词联系在一起。

他低头拿起筷子，他答应戎希那天的事已经了结，自然不会再跟父亲透露。

只是他忽然听见母亲说："小希那个孩子，我以前见过的。当年我在梨清苑，认识他母亲阿宁。后来阿宁死了，我见他孤身一人，给了他一些银钱。宇儿四岁那年你不在海城，爸病了，我公馆医院两头跑，宇儿被我弄丢了，最后是小希那孩子给找回来的。他为了报恩，在三九天冰天雪地里冒着海城跑了一整晚，才把宇儿送到我身边来。"

蘅宇的父亲沉吟一声："这事我记着，后来给他报酬他也不要……可是人心易变，十几年了，如今他是耀社一把手，与我们这样的人背道而驰……"

蘅宇的母亲叹了口气。

蘅宇记忆中隐约约浮现出一个少年的影子。

他被送回来后又见过几次戎希，每回都追着他叫"小哥哥"，让他给自己买瞿福记的糖果。

蘅宇的父亲看着他出神，开口提醒他："宇儿，你也长大了，切记走正途，不要跟乱七八糟的人有什么瓜葛！"

蘅宇仿佛被看穿了似的，心虚地点了点头。

可既然想起了戎希，蘅宇实在忍不住想再去会会他。

他打听到戎希是在十六岁那年拜入乔爷门下的，后来耀社内部发生变故，乔爷退居幕后，戎希成为耀社历来最年轻的一社之主。

戎希巡查完码头，再一次看到出现在耀社分堂的蘅宇时，皱眉想：这小子胆子怎么这么肥？

长风瑟瑟，天渐渐转凉，海城有些萧条。

戎希睨着坐在台阶上的蘅宇："这里是江湖'窝点'，不是正经人来的地方。"

蘅宇却从身后拿出一个纸盒子，递给他："我是来道歉的。我不是不喜欢吃瞿福记，我那天是生气你们绑架我，不想要你的东西。这回我亲手烤了小蛋糕，比瞿福记的好吃，你尝尝？"

戎希站在原地，没接，只催他快走。

蘅宇眼皮耷拉下来，像受了天大的委屈似的，小声道："我想起你了，小哥哥，对不起嘛。"

戎希一愣，眼中出现点微不可查的笑意。但他仍绷紧了脸，视若无睹，一脚踏进门，回敬了一句："我已经三十岁了，我不喜欢吃甜的。"

蘅宇追过来，硬是把纸盒塞进他手里，有心哄他高兴，故作惊讶道："咱们希哥这么靓，看不出是三十岁呀！"

戎希很受用，蘅宇又连着拍了他几个响亮的马屁，总算叫戎希笑开了眼。

哪知这小子愈发来劲，后来的几个月里，他三天两头往耀社跑，时不时提溜着自己做的甜品，甚至把年仔他们都喂胖了一圈。

他久居香城，如今回来看海城，哪里都是新奇。

戎希从不跟他透露自己的事，也有意不让他掺和进这片黑色的看不见底的世界，于是蘅宇便围着年仔他们，整日打听戎希"横行"海城的传奇事迹。

戎希终于看不下去了，揪着蘅宇的领子将他丢了出去，警告他以后不要再来这里。

耀社树敌颇多，他不能把蘅宇置于危险之中。更何况要是让厅长知道了自家儿子整日跟混混厮混在一起，那还了得？

蘅宇眨眨眼，诉苦道："我在海城没什么朋友，整天闲得要命，不来找你，我就要在家里闷死啦！"

戎希被他吵得没办法，只好松了口："那你别来这里了，要是想找我，可以去东林弄堂9号，我住那里。"

蘅宇撒了谎，他其实一点儿也不闲。

他母亲那边世代从商，外公是海城大名鼎鼎的商会会长，蘅宇的母亲又是独女，外公便一力主张他跟着自己在商场和金融界发展。

蘅宇的父亲却觉得如今世道风雨飘摇，外头都在打仗，还是跟他进警局更有保障。

二人争执了一番，蘅宇的母亲要蘅宇自己来选。蘅宇想了很久，然后抬头说："我以后跟着外公做事。"

外公喜形于色，立马就开始安排人，叫蘅宇进自己的公司开始学习。

蘅宇的母亲是开明的家长，向来尊重孩子的选择。

因为家中从商，没有那么多拘束的规矩，她一直过得洒脱。她年轻的时候喜欢唱戏，就当真去了梨清园，后来一唱成名，但她出身豪门，从来没人敢称她一声戏子，大家对她向来都是敬持有加。

蘅宇感激她的开明，但又将一丝愧疚瞒下——他去商界不是因为外公，而是想以后要是到了警务厅，万一有朝一日跟戎希刀枪相向，他不知道该怎么办。

接下来的几个月，他一直跟着外公的秘书游走在自家的各个贸易公司和百货商场中，渐渐学着跟各色各样的人虚情假意地来往。

只是就算再忙，他也时不时地就要去见戎希。

后来他总算找到一个好借口，说为出行方便，打算学开车，让戎希教他。

戎希自然不干。

但蘅宇不同往日，慢悠悠地和戎希打着商量："我听说耀社最近涉足了证券股票？外公说，有支股后期会大涨……"

戎希毕恭毕敬地打开别克驾驶门："少爷请，我先给你讲讲发动机原理。"

　　蘅宇在香城时学习成绩很好，回了海城，商场门道也学得飞快，可不知道是缺了哪根筋，学车总是磕磕绊绊，小半个月了，连让车直行都困难。

　　戎希被他气得脑壳疼，当年一人挑战一个分堂都没这么费劲儿。

　　好不容易能走直线了，这少爷又忘记了刹车这种东西。

　　"树！树！停！停！"

　　蘅宇紧张得直冒汗，车不负众望地撞了上去。

　　"前面有个水坑，打方向盘，躲开！"

　　车身下陷，副驾驶上的戎希被颠得浑身发麻。

　　"慢点儿，跟在这辆车后头，别急别急！"

　　戎希黑着脸下车，给前面的雪铁龙车主赔了三根小黄鱼。

　　两个月后，蘅宇终于学会了开车。

　　代价是戎希的一辆四缸别克，一辆美产福特，一辆雪佛兰。

　　蘅宇还眼馋他那辆新买的庞迪克，要开它正式上路，戎希少见地暴跳如雷："别糟蹋我的车！"

　　蘅宇不乐意被嚷嚷，反驳道："我给你透的股市消息够你买十辆车！"

07

　　天气越来越冷，蘅宇在外公的公司渐渐上手了。

　　外公生意做得大，蘅宇是他唯一的继承人，承载的压力非同一般。他在外公的希冀与扶持下迅速成长，从香城回来不过大半年，他的手段能力跟他的身高一般，抽条似的成长，他终于成了一个真正的大人。

他仍然经常去找戎希，有时说要来学点儿招式傍身，防止日后再被人当街抢劫；有时只是提一盒小蛋糕，庆祝他又谈下了一笔生意。

理由堆得满满当当，叫戎希无法招架。

年底下了场小雪，蘅宇开车从公司回西桥区，路上却瞧见那辆免遭他毒手的庞迪克，正静静停在一座西洋风格的小楼前。

他看见戎希走出来，"嘀嘀"按了几声喇叭，惊喜地喊他："哥！你怎么在这儿！"

蘅宇最近忙得晕头转向，今天也是加班到深夜才回家。

戎希走近了，他打开车窗，挑着眉道："好一段时间没见了，想我了没，哥？"其实也并没有多久，小半个月而已。

他现在愈发没大没小，仿佛彻底忘记了戎希是名响整个海城的江湖头目，是最被看重的年轻后生。

戎希扒拉在他门框边上，淡淡道："没你我才消停。"

蘅宇从驾驶座下来，外边冷风嗖嗖，他一时没遭住，打了个喷嚏。戎希皱了皱眉，摘下自己的围巾替他围上，嘴上还很嫌弃："年纪轻轻的怎么这么扛不住冷。"

蘅宇"嘿嘿"笑了一声，心安理得地享受从戎希那里带来的温度。

他发觉今天戎希打扮得很隆重，一双锃亮的漆皮切尔西靴，身上一套深蓝色西装，裁剪合适的西裤尽显他身材修长，外头还穿着件长款灰呢大衣。

得，是个十分体面的混混。

也可能是戎希骨架子本来就好，面上生得又美，穿什么都好看。

蘅宇问他大晚上要去哪里，戎希却伸手拍了拍他的头顶，说小孩子哪儿管这么多。

蘅宇不再问了，跟他道再见回家。但其实他心有疑窦，天这么黑，戎希要去哪里？

他莫名因为戎希把他当小孩子，还什么都不跟他说，而感觉心里堵得慌。

他调转车头，朝来路开回去，本想放松心情，但绕了大半个海城城区，还是回到了原点，回到了戎希那座小楼前。

他担心戎希的安危，毕竟戎希不是个干正经营生的人。

08

蘅宇就这样怀着担忧的心情在小楼前守了一个晚上，中途扛不住迷瞪了会儿，梦里都是戎希惹了不该惹的人，被人追杀的画面。

他心里一紧，猛地睁开眼，发现天已蒙蒙亮，而消失了一个晚上的戎希也终于回来了。

蘅宇瞧见戎希停在门口的车，连忙冲下车去拉戎希的车门。戎希见他满目通红、神情紧张的样子，有些愣怔："你干什么？"

他清冷的声音一响起，霎时拉回蘅宇的一点理智。蘅宇顿在原地，本想问戎希昨晚去了哪里，又想叫他以后不要再鬼混，不然他就不再向他提供股票证券的消息。

但他什么也问不出，他比戎希小了一轮，向来被戎希当作一个关系亲近的弟弟，他有什么资格干涉戎希的事情？

按下心中的烦躁，蘅宇胡乱地改了口："那么晚出门，还一夜未归，不怕被抢劫吗？"

戎希像看弱智一样看他："我混迹江湖十几年，做得最多的事就是这，谁敢劫我？"

蘅宇闭了嘴。

戎希不知道这人一大早犯傻是为什么，但看在他等了自己一个晚上的分儿上，还是叫他跟自己进了屋，让他去洗把脸。

他在厨房张罗早餐,问蘅宇想吃什么。蘅宇哪儿有心情,神情怏怏道:"没胃口,吃不下。"

戎希不惯着他这脾气,他在外头一夜也累了,不想回来伺候这娇贵的小少爷,便说一句:"爱吃不吃!"

蘅宇更伤心了。

电话"叮铃铃"响起,戎希去接。是邵老,问他给乔爷迁的新坟安置好了没有。

"安顿好了,劳您惦记。乔爷的墓是我昨晚亲手迁的,忙活了一晚上,这才刚回来。"

挂断电话,戎希一转身,却对上面前一张阴霾尽散的明亮少年面庞。

蘅宇觍着脸说:"我想喝黑米粥,哥给做吗?"

"只有豆浆,不爱喝就滚!"

09

平安夜那天,蘅宇早早给手底下的员工放了假,他差人买了一箱烟花,晚上带去东林弄堂。

蘅宇到的时候,戎希对门的张婶正往外泼一盆脏水。流年不利,蘅宇的裤子被濡湿了大半,他在寒冬腊月里瑟瑟发抖,箱子里的烟花也湿了,怕是燃不起来了。

戎希今天歇得早,他不太过洋节,也不理解蘅宇半夜来访被泼一身水图个什么。

他把蘅宇领进来,在自己的衣柜前找裤子让他换上。

"哦,哦。"蘅宇接过裤子慌乱地换上,语无伦次地说自己还没吃晚饭,让戎希给他点儿吃的。

戎希想赶他走,又想,算了,大过节的。

他还难得好心地开了瓶白葡萄酒，想着蘅宇在香城那么多年，可能最爱过的就是圣诞节。

蘅宇喝得微醺，坐在戎希床边，仍懊恼地捣鼓着那半死不活的烟花筒。戎希把他按倒，叫他安生点儿，等会儿酒醒了就赶紧回家去。

蘅宇乖乖躺下，只是他长胳膊长腿的，挤去了大半的位置。戎希困得要死，懒得跟他计较，在另一侧躺好睡去。

两人就这么迷迷瞪瞪地凑合着挤了一晚。

除夕的前几天，耀社名下所有的场地账目清算完毕。戎希包下了酒店整整三层，给手底下的兄弟们办庆功宴。

从酒店出来，大家趁着气氛正火热，闹着要戎希请客，今晚去横扫金乐门。

金乐门里有歌舞厅，是个寻欢作乐的好地方，也是耀社底下最赚钱的场子。戎希大手一挥，说直接对外关了金乐门，今晚只让耀社的兄弟们玩。

年仔向来对这些事最积极，今天却神色凝重，忧心忡忡，悄悄把戎希拉到一旁，说有大事同他讲。

蘅宇回家的时候又见到戎希那座小楼亮着灯。

一回生二回熟，他带着身上的风雪径直走进去，却发现戎希正呆呆地坐在沙发上，盯着面前的酒杯出神。

蘅宇问他怎么心情不好。

戎希看了他良久，才开口："我有没有跟你讲过我从前的事？"

"我不是海城人。"他喃喃开口，"不记得是什么时候来的海城，也从没见过我爸，记事的时候就已经在梨清园了。我妈在戏班子里打杂，酬劳微薄，却仍咬着牙送我去读书认字。我念了好几年学堂，算术学得不错，十五岁的时候学堂散了，我就出去找了份做账的活。"

"但那老板心黑,欺负我年纪小,想赖掉我的薪水。我妈听说了,连夜赶去跟人家理论,两个人争执许久,老板总算松口,把该付的钱都付了。我妈揣着那些钱回梨清园,被街头的小混混堵住勒索,她不肯给,被混混打伤了,扔在了大街上。

"我发疯了一样去寻仇。虽然之前在梨清园跟那里的武生们学了点儿把式,但架不住对方人多,我被打得半死。回梨清园的半道上,我倒在了东林弄堂巷口,乔爷把我捡了回去。乔爷说喜欢我的狠劲儿,叫我以后跟他做事,他帮我报仇。

"从此我就跟乔爷住在东林弄堂的院子里。乔爷待我很好,他教了我搏命的功夫,却叫我记得惜命,说我是他的接班人。

"我身上落了伤病,天一冷就遭不住,有时得搬到暖和的西桥小楼才能缓和,但我从不后悔。我现在所拥有的一切,兄弟,钱财,地位,都承乔爷所赐。后来乔爷得了肺病,退居幕后,果真选了我来管耀社。他的病来得太急,没多久就逝世了。

"他一走,耀社内部忽然动荡起来。义社的邵老跟乔爷是结拜兄弟,向来跟耀社走得近,他伸了援手,帮我稳住局面,没让我被人趁火打劫。

"我从此格外敬重邵老,这些年明里暗里报答了他不少。可今天才知道,"戎希苦笑一声,"我报错了恩,邵荃是我的仇人。"

他想起方才年仔跟他说的——遇见了阿瞳那派的漏网之鱼,告诉了年仔当年乔爷之死的真相,还送上了铁证。

他终于明白阿瞳的那句遗言,到底是想说什么。

"是邵荃嫉恨耀社如日中天,他投了毒,还伪装成乔爷得肺病死去的假象,暗地里吞了我们最重要的几家钱庄。"

蘅宇看着他,心中泛过一阵又一阵的怜悯与酸楚。他曾打听过戎希的过往,如今听他亲自道来,其中的艰辛悲戚与惊心动魄更甚。

戎希从没一口气说过这么多话,叫蘅宇心疼得紧,却不知该如何开口安慰他。

冷清的客厅，如山如海的烛火里，他只能伸出手，握住戎希紧攥的双拳，沙哑出声："哥，你还有我。"

戎希扯着唇角笑了笑，盯紧他的眼睛："我说这些，不是叫你可怜我。从始至终我们就不是一条道上的人，蘅宇，趁着还能脱身，赶紧离开我吧。"

蘅宇听他赶自己走很多回了，早就当这话是耳旁风，不甚在意，但戎希又开了口。

"我叫你别靠近我了，你明白了吗？"

10

在那一刻，蘅宇脑中发出轰然巨响，他愣在原地，脸色忽然煞白，伸出去握戎希的双手落了空。

他以为他会难过，但奇怪的是，并没有。

他明白戎希的意思。戎希知道了乔爷真正的死因，势必要找邵荃报仇，戎希决不允许他掺进这些腥风血雨中。

但他不怕危险，甚至想帮戎希分担那些恩怨仇恨，倾自己之力，帮他达到目的。他是警务厅厅长的儿子，是海城崭露头角的新贵，在商场官道上都说得上话，他有能力保戎希在这场争斗周全。

可戎希拒绝了他。

这个春节蘅宇过得格外煎熬，公司放了假，他彻底闲下来，却不敢再去见戎希。

偶然碰到年仔，年仔说戎希最近忙，但具体忙什么却不肯透露。

等到春日来临，蘅宇终于下定决心，预谋了一场"偶遇"。

他守在耀社赌场前的早点摊上，搞坏了自己的车胎。等戎希出来，他开始发挥演技："咦，这么巧哥也在这儿？我的车坏了，去证券交易所马上要迟到了,你行行好,开车送我一下呗?"

戎希:……

戎希觉得自己这辈子的忍耐力与好脾气都用在了蘅宇身上。

明知道他是故意来撒泼卖惨,明知道从西桥区到证券交易所根本不路过这里,却还是狠不下心视之不见,准他欢天喜地地坐上自己的庞迪克。

就像当时听他诉苦说自己在海城没朋友时,他忍不住将蘅宇拉进了自己的热闹里来一样。

路上戎希目不斜视,不发一言,任凭蘅宇独自东扯西拉讲相声似地说了一路废话。临到了交易所门口,蘅宇唇角透出点苦涩:"哥,我最怕你不理我。"

他把随身带的小蛋糕盒子放在座椅上,打开车门下去。戎希攥紧了方向盘,看他那俊挺高大的身影消失在人来人往的金融大厦门口。

戎希终于肯用看待大人的态度去打量蘅宇。

他头一次这样认真地端详蘅宇,自他们重逢快有一年,这一年里蘅宇好似又长高了一截。褪去少年人的稚气,他穿着剪裁得当的西装,裹一身高级定制的呢大衣,盯着宝格丽腕表行色匆匆。走在人群里,任谁看了都要说他是一表人才,年少有为。

而这样优秀的一个人,不该踏入这黑漆漆的地下城,不该靠近黑暗里的他。

11

半年之后,戎希终于准备万全。

义社新建的俱乐部剪彩那天,戎希派了几十辆车在市中心鸣笛,又包下隆安酒店大宴宾客,给足了邵老排面。

邵荃春风得意,近几年里他已不再事事亲力亲为,但戎希知道,每三个月一次的商会交易，他会亲自出现在码头做交接。

早秋夜晚沁凉，蘅宇路过浦江，他停下车，在江边抽了两支烟。

不知为什么，他今天总是觉得心悸不安。

江边的秋风凛冽，他掐灭烟头，想起车里还放着戎希去年给他的围巾，他上车把围巾围好了，准备走条小路，从码头那边绕过去，回家能近一些。

这条小路比白日里平添了些森冷的气息，车开到一半，陡然有个身影出现在车灯前。他吓了一跳，连忙踩刹车，定睛一看，那人竟浑身是血！

戎希藏在铁皮长货厢的阴影里，他左肩中了一枪，溢出大片的血迹。年仔慌忙扯了布条帮他包上。

戎希低头狠骂一句。

他运筹半年，却还是低估了邵荃的戒心。

码头早早就埋伏好了耀社的人马，但他没料到，邵荃对他的信任也是假装出来的。

耀社这边损失惨重，对方比他们多了一倍火力，任戎希身手再好，枪法再准，也扛不住这样的悬殊对抗。

双方在昏暗的码头厮杀，戎希中了一枪，他的弟兄们分散各处不知情况如何，只有年仔跟在他身后，悄然趁着夜色遮掩靠近岸边的邵荃。

车前浑身是伤的是个熟悉面孔，蘅宇把他扶起来，才瞧清是耀社分堂的一个小兄弟。

心中的不安感倍增，蘅宇几乎是低吼着问：“怎么回事？戎希呢！”

"希哥在码头被埋伏，受了伤，叫我回去叫支援……"他一说完就没了气息。

蘅宇双目通红，几乎发狂，无法想象戎希现在的处境，叫支援……

这怎么来得及！

他深呼一口气，回到驾驶座狠踩一脚油门，朝码头飞驰而去。

江水激流，戎希借着水声打掩护，终于走到了射程内。他将勃朗宁银枪枪口对准了邵荃，下一刻却听到一声惊呼："希哥小心！"

有人发现了他们的藏身地——而后就是一声枪响，年仔扑过来，挡在了戎希的身后。

年仔倒在血泊之中，用尽最后一丝力气出声，说："希哥，来世我还要跟你做兄弟。"

戎希只觉得肝胆俱裂，天地只剩一片血色，他像个绝望的巨兽般咆哮一声，赫然而起，不管不顾地朝邵荃冲去。

邵荃等的就是这一刻，他发出阴冷的笑，夺过手下的枪，直直对准了戎希。

"外租界警务厅夜间巡视……外租界警务厅夜间巡视……"

一辆车携着冰冷的广播声撕破夜色，朝这边疾驰而来。

邵荃被那车灯晃了眼，手下拉扯他离开这里，他愤愤不甘，仍盯着苟延残喘的戎希。

但他不敢招惹上警务厅，只得匆匆叫人开船离港，自己逃出码头。

戎希的血渗进耳朵，使得他有些耳鸣，听不清周身动静，只看见邵荃要跑，他提着枪踉踉跄跄地追上去。

黑色的轿车停在他身边，是蘅宇，他打开了之前他爸落在车上的一个扩音喇叭，从黑夜里横冲直撞而来。

蘅宇打开副驾驶座，低喊一声："哥，上来！"

戎希什么也听不见，只是木然地奔向邵荃。蘅宇咬牙追上去，心中霎时涌现一个念头——是邵荃把戎希害成了这样。

他将油门踩实了，驱车直逼邵荃而去。

他想得很简单，只要解决掉邵荃，戎希就不用再受伤。

四个轮子到底比两条腿快得多，邵荃很快就被蘅宇抓住。

那个自认一切都在掌控之中的老狐狸如今栽在了小辈手中，眼里尽是不甘与愤恨。

蘅宇没有让这双眼睛瞪自己很久，直接了结了耀社乔爷与义社邵荃之间所有的恩怨。

邵荃终于被解决了，戎希再也撑不住，朝旁边栽倒。

蘅宇眼疾手快地扶住他，戎希身体很轻，他像一只浮萍终于靠了岸一般，死死揪住蘅宇的衣袖，声音嘶哑着："蘅宇，年仔没了。"

12

戎希只在病床上躺了七天，就说要出院，被蘅宇一记眼刀瞪过来，又规规矩矩地躺回去，张嘴接住蘅宇削好的一块苹果。

他有种奇怪的错觉，仿佛近日像一只被蘅宇揣在怀里的兔子。他想跳起来骂你算个什么东西，还敢管到耀社大佬的头上，但一想起那夜的救命之恩，他终究觉得理亏，没有吭声。

戎希欲言又止的表情蘅宇都看在眼里。蘅宇偏又装得一副冷淡静默的样子，这个固执暴脾气的混混不让自己帮他，现在可好，把自己伤成这副模样。

耀社终究不能没有人坐镇，半个月后，蘅宇亲自接戎希回了西桥小楼。

戎希底下的兄弟都劝他趁势吞了义社的场子，从此耀社在海城一家独大。但戎希终究不是浅见之人，他晓得海城几股势力鼎立的重要性。

他没有动义社，只是冷眼瞧着他们选出了新的头目，再一次跟耀社分庭抗礼。

蘅宇手上负责的工作越来越多，自从那日接戎希出院后，他有两个星期没再踏足西桥小楼。

又快到了年末,是蘅宇最忙的时候,他在戎希这里吃了几口饭,又说要回公司加班。戎希"哦"了一声,拖着还未痊愈的腿送他到门口。

没走几步,蘅宇突然转过身:"我半个月没来,你就不再留我一会儿?"

戎希愣在原地,蘅宇却忽然语气颓丧:"我忍了半个月,我听秘书说要讲究手段,要适当地冷一冷对方。"他叹气,"可我对你用不了这种法子。

"哥,你真的一点儿也不在意吗?"

戎希睁大了眼睛,一时不知道怎么回答。

蘅宇一直在意自己没找他帮忙这件事,这段时间,他也感受到了蘅宇的刻意冷漠。

他知道他是关心自己。

可……

他叹了口气:"不是叫你不要离我太近吗?怎么不听话。"

蘅宇低声说:"来不及了。"

戎希自诩是个讲道理的混混。

他觉得自己应该跟蘅宇促膝长谈一番,可蘅宇这样莽莽撞撞,他即使有一万个道理,也一个字都讲不出了。

蘅宇一言不发地走了。

戎希回到客厅,仿佛被抽尽了力气一样瘫软在沙发上,他盯着头顶的水晶吊灯,无可奈何地想,他要怎样才能让蘅宇不再靠近自己。

13

再一次见到蘅宇,是在隆安酒店里举办的金融界聚会里。

因耀社涉足股票证券,戎希也在受邀之列,他跟加入金融界的阁老

们打了声招呼，一个转身，就看见蘅宇一身纯黑燕尾服，胸前口袋插了支白玫瑰，笔挺地立在会厅中央。

不断有豪门世家的大人物来跟蘅宇打招呼，他端着精致的高脚杯，与周围几个年轻的贵公子谈笑风生。

戎希凑近了些，站在他身后，听他们谈论香城的赛马场引进了新赛制，豪门子弟在里头一掷千金，国外有个有趣的物理学家薛定谔……

戎希什么也没听懂，却油然生出点儿骄傲——蘅宇懂的东西这样多。

蘅宇成了一个无可挑剔的男人，在觥筹交错的上流社会宴厅，在聚集成堆的豪门世家子中，他也仍是最出挑耀眼的那一个。

蘅宇一整晚在宴会上来往应酬，等结束后才发现，原来戎希也来了。

戎希喝得半醉不醉，耀社的兄弟准备开车载他回去，却被蘅宇半路打劫："我家也在西桥区，我送哥回去。"

14

把醉得迷迷糊糊的戎希送回家，蘅宇尽心尽力地照顾了他一整个晚上。

第二天一早，蘅宇又爬起来去做早餐，难为他一个饭都没亲自盛几回的大少爷硬是煮出一锅尚能入口的小米粥。

戎希到底是被他感动到了，他下楼坐在餐厅，吃着蘅宇做的小米粥，粥的味道并不怎么样，可他还是把它吃完了。吃饭的时候戎希一直在想，自己活得着实枯燥，总是在报恩，像是他这一生永远都在亏欠。也总是在报仇，没什么乐趣。大约上苍也有点怜悯他，所以才赐给他一个这样的人。

两人的关系有所缓和，都默契地不再提之前的事情。

年底他两人都忙，并不能天天见面。除夕那天蘅宇还在操心股市的事，到了傍晚，戎希在金融大厦等他下班，等到华灯初上也没见他出来。

戎希去问门卫，才知道蘅宇下午就走了。他有点儿不放心，回到西桥区，却没在陈家公馆前看见蘅宇的车。

蘅宇没回家。

心里的不安瞬时被放大千百倍，他隐隐预料到了什么。回到小楼，果不其然，他门前被贴了张字条——要见蘅宇，就独身前往长鋈酒店楼顶。

戎希捏住字条，愤怒地咬紧牙关，神色寒冷到极致。

他最担心的事还是发生了。

他一路上都在懊悔，怨恨自己为什么要将蘅宇拖进浑水，他树敌太多，连绑架蘅宇的人是谁也猜不到。

戎希在腰上别好一支勃朗宁，袖中藏了匕首，定下心神，三两步迈上楼梯。

只有一个劫匪，戎希认出那是先前兴中会的老大，叫常虎。蘅宇被捆住了双手，脖子上抵着一把尖刀。

戎希死死盯着常虎，像一个即将发怒的野兽："你敢伤他，我就叫你生不如死。"

常虎嗤笑一声："你们耀社吞了兴中会的场子，让我常虎在江湖上颜面尽失，身败名裂。人活一口气，戎希，我叫你来，就是为了让你跟我一样，眼睁睁失去最看重的东西！"

眼见他手上的刀又紧了紧，蘅宇脖子上立即显出一道血痕。戎希几乎要发狂，可仍要沉心与他交涉："耀社最值钱的东西任你挑，要是还不够，汇丰银行我的账户上还有十箱金条，全都给你，只要你放了他。"

常虎大笑："我如果想要钱，找他外公不是更好？你的场子我一个都不要！只想你也尝尝我过去的滋味！"

他不停地细数耀社对兴中会的打压，戎希听得心焦，只怕他一个不留神就会对蘅宇不利。

在常虎沉浸于控诉中时，戎希悄然接近了他几步，蘅宇看出他的动作，用眼神示意他，跟自己打配合。

忽然，街道上传来一阵刺耳的鸣笛声，他们往下一瞧，竟然是外租界警务厅的人！

看来是厅长也发觉儿子失踪了，正满海城寻他。常虎忽然眼神发狠，提刀要刺人："戎希，你竟然报警？"

戎希百口莫辩，这时蘅宇狠狠用手肘击中常虎的肋骨，戎希看准时机，拔过腰间的手枪，子弹瞬间打进常虎持刀的右臂。

"哐当"一声刀落下来，没等戎希松一口气，常虎竟打算玉石俱焚，拉着蘅宇直往楼顶边缘而去。

"蘅宇！"戎希的心简直要跳出嗓子眼，他目眦欲裂，飞奔而去，堪堪在最后一刻抓住了蘅宇的手臂。

戎希吃力地将蘅宇从半空一点点拽上来，最终两人跌回楼顶。

戎希的衣服都被冷汗打湿了，蘅宇见他脸色惨白，反过来安慰他："没事了，没事了。"

戎希抬头看向蘅宇，没有劫后余生的狂喜，只有无尽的懊悔愧疚："对不起……"

因为我，让你陷入危险当中。

警车近前，发现了异状，蘅宇听到声响，叫戎希赶紧离开："哥，你先走，被警务厅的人看见要说不清了。"

戎希明白，点了点头。

他没走远，就躲在酒店斜对面一棵榕树后。厅长准备齐全，连医院的救护车都叫来了，蘅宇脖子上的血还没有止住，戎希看着他躺进救护车，才放下心来。

车队呼啸着离开，戎希停留在黑夜里，靠着榕树缓缓蹲下，双手无力地捂住眼睛。

他想，他再也不想要这样的事发生。

15

除夕那晚的事其实根本瞒不住，稍微查一查就能知道来龙去脉。

"孽子！我叫你不要去招惹不三不四的人，你倒好，闹到被仇家绑架的地步！你不准出门！以后不准再见戎希！"

蘅宇身上挨了警棍，火辣辣地疼，可他梗着脖子说绝不可能。

公馆闹得鸡飞狗跳，蘅宇的外公听说自己的外孙被绑架，急急赶过来，得知蘅宇跟一个混混厮混在一起，还差点被害死，当即昏倒在了客厅。

蘅宇一下慌了神，他再混账，再怎么顶嘴，也万万不想让外公有什么事。

蘅宇被禁足在家，连医院都不准去，他的父亲甚至派了警厅一个小支队守在公馆门口。

蘅宇哪儿都疼，既担忧外公的身体，又不知以后该如何面对戎希。

他呆坐在客厅，忽然想起上救护车前，藏在树后遥遥地、悲伤地望着他的，形单影只的戎希。

他忽然明白了什么，心脏像被揪住了一样钝痛。

他和戎希，怕是再也不能回到从前了……

戎希没想到时隔多年再次见到蘅宇的母亲，是在这种情况下。

宇母仍是多年前温柔和气的样子，只是能看出来，最近一定遭了什么烦忧事，她精神有些不济，脸上微微泛出黑眼圈。

戎希忽然感到愧疚，他是在血海拼杀也无所畏惧的人，却头一次在旁人面前手足无措。面前的这个长辈曾待他那样好，他记得她曾怎样温柔地照顾过卧床生病的自己。

他落座，什么都说不出，只是道歉："对不起，我错了。"

宇母并没有怪他，只是感谢当年他把蘅宇救回来，再后来说到目前的处境。

戎希木然地听着，脑中混乱，她还讲了什么他听不大清，最后只记得她说，他们要举家搬去国外生活。

"是因为我吗？"戎希问。

"不是。"面前的女人回答，"这些年局势太乱，那天宇儿的外公在医院查出了肾衰竭，他身子骨不行了，所以我们决定尽快安排好这里的事，离开海城。"

戎希盯着面前凉掉的咖啡，忽然松了一口气，由衷地说："很好。"

"我晚上想办法让宇儿去见你一面。"她起身离开，轻拍了拍戎希的肩，叹气似的说："你不是罪人，很多东西是没有对错的。"

当晚蘅宇发现门口少了守卫，他终于找到机会，偷偷从公馆溜出来，一路跑到了戎希的小楼前。

他把门铃按得叮当响，也不见戎希来开门，干脆三两步翻了进去。

戎希没想到蘅宇的母亲真的说到做到，尽管心里已有预期，他还是对蘅宇突然出现在他家中感到怔愕。但也只怔了片刻，很快，他的眼里又恢复了平静。

蘅宇察觉到他眼里细微的变化，心里一阵难受，在他开口之前，用恳求的语气说："别赶我走。"

戎希不声不响地推开他，蘅宇什么都明白了。

他红着眼睛，问："你也要劝我去国外，是吗？"

戎希望着他，说："蘅宇，我承受不了，我不能眼睁睁看着你死在我面前。"

停下吧，他在心里劝诫着。

"你说过,你外公最疼你。我没有亲人,羡慕都羡慕不来。如今他病重，你该怎么做，难道是让他独自在异国，每天担心身在乱世中的你吗？"

蘅宇沉默，这些他当然都想过，也明白为人子孙需尽孝道的道理。

他只是抱了万分之一的希望，希望戎希能开口挽留一次。

自从他们相见，戎希就一直不断地叫他离开，如今终于到了彻底说再见的时候。

蘅宇眼睛熬得通红，双肩耸动着，良久苦苦笑一声，说："我明白了。"

他从口袋里掏出一个丝绒盒子，塞到戎希手中，而后打开门，头也不回地走出去，扎进外头的细雪中，连影子都透出绝望来。

戎希手里捏着触感极好的盒子，站在二楼阳台上望去，眨眨眼，蘅宇已经随着萧索的冬风走远了。

16

戎希在第二年的秋天收到蘅宇的母亲寄来海城的一封信，他们一家远赴国外已有大半年了。

他们走后不久，海城就开始不太平。戎希懂得明哲保身的道理，为免政府拿耀社开刀，他悄然将整个耀社化整为零，大隐于市，不再招摇。

海城帮派以肉眼可见的速度没落，曾经如日中天的气势不再。戎希却觉得松了口气，像是卸下多年的重担一般。

他拿着信回到东林弄堂，拆开了细细看。

宇母说他们在国外还好，只是蘅宇的外公病情恶化，两个月前去世了。她听说海城局势不明朗，担心他的状况。还说这信不是蘅宇授意，是她想问候。他是他们家的恩人，她一直记挂着他，叫他务必回信报个平安。

戎希把信装好，拿起桌子上的一张征军令，细细端详纸上"光宗耀祖，保国卫民"八个字。

而后提笔回信，说他已经解散了耀社，他不日就要北上从戎，叫她不要再寄信到海城。

他安顿下来会再写信给她，还嘱咐她不要把他们通信的事告诉蘅宇。

他用了一整张信纸，末尾写：愿您阖家安康。

戎希身手敏捷，枪法准，又因为带过帮派众人，管理组织能力极强，在军队里很受赏识。

虽然他跟蘅宇的母亲嘱咐过，不要再送东西到他这里，但宇母到底记挂他，后来打听到他的位置，又运了一批物资过来。

战友们围在周边，翻看着那稀奇的压缩饼干和榛仁巧克力。他把吃的跟大家分了，自己只留了一个小小的铁皮糖盒。

宇母说那是蘅宇烤的糖，叫他尝尝。

自己烤的糖不如工厂包装的严实，路途遥远，等到戎希手里已经腐坏了一大半。戎希小心翼翼挑出几颗好的，装进口袋里，没舍得吃。

不久后的一次战役里，他没有再像从前那样幸运，敌军的炸弹碎片嵌进他的左臂，他躲在战壕里，被人团团包围，他觉得自己很快要死了。

他从口袋里拿出那颗被他珍藏的糖果，含进嘴中，香甜的气味霎时充满整个口腔，他卷着舌头，含糊不清地念着："蘅宇……"

好在后来戎希捡回一条命，却因重伤从前线撤下，离开战场，回到了海城。

─ 17 ─

蘅宇在母亲的书房里发现一沓厚重的信纸。

他拿过来看，信封上是十分熟悉的字迹，时隔六年再看到，他的心仍是狠狠一颤。

他打开信纸，看到戎希这些年零零碎碎的过往。

戎希解散了耀社，戎希上了战场，戎希升了上校，戎希得了表彰，戎希受了弹伤……

有温热的水滴在信纸上，他细数着信封，整整有十四封信，记载了他不曾参与过的，戎希六年的点滴生活。

蘅宇的目光模糊了，但还是清楚地看见了每封信下的最后一行小字。

问蘅宇安。

十四封信漂洋过海，十四句问蘅宇安。

那一瞬间蘅宇几乎想大哭一场。他神情崩溃，跌坐在书房的靠椅上，怔怔地想起了从前的种种。

他呆坐一晚上，第二天便买了机票，辗转回到海城。

戎希还是没舍得扔掉那个废弃的烟花筒，他把家里收拾整齐，想起之前离开海城时被他埋在西桥小楼的东西。

他回到那里，打开破败的大门，拿着铲子去刨门跟前那一小方地。所幸东西还在，他翻开油纸布包，小心翼翼地拿出那个黑色的丝绒盒子。

里面是蘅宇曾经送给他的一串如意珠。

他拿珠子，细细地对着阳光打量。

恍然间，门口出现一个修长的身影，与多年前曾站在这里的人如出一辙。

END

他的月亮花

moon flower

TADEYUELIANGHUA

文/俐俐温

一个平平无奇的卑微码字机罢了。

T无声地死去了，他被神明埋葬在流星之下，磨损了边角的墓碑上刻着的——

乌鸦说，此人不再来。

01

T的死讯在一个落日西沉的傍晚传来。

猫头鹰泣着血，叼起前线战报，沿着北方的河流一路越过敌军占领的小镇，一天一夜后，停在魔法部部长的办公室门口。

N知道消息是在更早些，在晌午，他喂角驼兽时不小心被它的长犄角划伤了左臂。他挽起袖子想处理伤口，却发现手臂上那一行小字，如三年前毫无征兆地出现，今天又悄无声息地不见了。

他在一个漫长的时段里惨白了脸，手中的药剂惶惶然落地，他整个人像被巨龙的铁尾扫过般摇摇欲坠。他踉踉跄跄地走到雪地，冰凉的触感仿佛包裹着无声的尖叫，每个雪粒都在朝他呼喊。

T不在了。

他跪倒在风雪里，不死心地狠搓着左臂，想让那行字再浮上来，但任他如何用力，那文身般的印记也已销声匿迹，如同它本身具有的含义。

This is goodbye，N。

这就是再见了，N。

02

This is goodbye，N。

这句话是在他十八岁时的某天早晨突然出现在手臂上的。

他以为这是T对他昨晚佯装熟睡，并趁T离开后偷溜回手提箱空间玩了半夜不睡的惩罚。但N嚷着让T解除魔法时，却发现他神情古怪地打量了这个印记许久，慢吞吞地告诉N这并不是他所施的魔法。

N皱了皱眉，虽然哥哥表情微妙，但他仍然相信他的话。毕竟T身为优等生典范，又是部门高官，根本不屑于说谎。而且身在魔法世家，稀奇古怪的事如同家常便饭。

日子长了，N发现这行字并没有什么危害，便也不再想着法子去清除它，任它久久地停在了他的皮肤上。

他后来才隐隐猜到，这虽然不是T的魔法，却与T密切相关。他在一个古老的图书馆偶然查到自己这种情况——"SOULMATE"，心灵同伴。

"有的人身上会在特定的时间出现自己心灵同伴在世的最后一句话，SOULMATE逝世，则印记消失"。

知道了这句话存在的含义，N倒不以为意，人的生命有终，说再见是再正常不过的事了。他以为这句话会在六七十年后，在T近一百岁弥留之际，呼唤他至自己身旁温声说出来。

他怎么也没有料到，会在T只有二十九岁的一天，在他还如此年轻的岁月里，这句话就在海峡彼岸的战场上，成为他最后的遗言。

T成了战争英雄，不得不说这个称号真的很衬他。端庄冷凛，一丝不苟，却是热血典范，竟显得比他活着的时候还要威风。N却对这四个字厌恶透顶，他对战火有着透骨的恨意——

你们有了战争英雄做荣耀的标榜，他冷笑，而我却永远地失去了我的哥哥。

03

T的葬礼有点儿过分隆重。

他的棺椁其实是空的，被盖在一张厚重的国旗下。

据跟随他一起上战场的部下说，他死时天空出现了月神阿尔忒弥斯。女神带走他，将他葬在了流星之下，为他写下了"此人不再来"的墓志铭。

魔法部为在他的棺中放置什么争执良久，有人说该放他带着荣耀的家族徽章，有人说该放他奔波办公时常穿的灰呢大衣以示哀思。

可最后，他们还是把决定权交到了T的好友L和弟弟N手上。

N听到L轻声说了句："月亮花。"她喃喃道，"N，他喜欢月亮花。"

月亮花长在猩红山峰的峭壁上，他脚上沾着霜露，遥遥赶去摘了一束，亲手放进漆黑如夜幕的棺椁中。又在封棺的前一刻，抽出其中的一小朵花苞，插在了自己的西装口袋上。

他想，从此以后，在这世上，我就是T的墓碑了。

04

直到D在葬礼结束后匆匆赶来时，N才知道原来事情并不是毫无转机。

"时间转换器。"D压低了帽檐,悄声告诉他,"你是我最喜欢的学生,N。但我不知道我告诉你这个到底是对是错,可我还是想给你一次选择的机会。"

多日阴郁又绝望的心情似是找到了出口,他用前所未有的殷切目光盯紧了恩师:"我愿意的,D,我愿意赌上我的一切去试一试。"

D迟疑地将时间转换器交给了他,N发了狠劲,不知将指针转了多少圈,他指下停顿的那一刻,就被时间带回到了从前。

XX18年6月9日晚,距T死亡还有四天。

N找了个帐篷藏身,远远地就看见那个熟悉至极的身影。

他高大挺拔,合身的灰呢大衣尤其显眼,即使脚下踏过泥泞营地,也仿佛是走在城市清冷的长街尽头。虽然那人脸上带着点儿伤,但毫无疑问就是他那活生生的、永远英姿勃勃的兄长。

N在昏暗的灯火里悄然望着他,眼眶里盈满了水光,他捂着嘴巴不让自己惊叫出声。

老天在上,T,你还在我身旁。

05

T有些疲惫地坐在指挥官破旧的椅子上,左手撑着眉骨,眼神沉沉地看着桌上的行军地图。敌军步步紧逼,缩短战线,集中威胁我方阵营。

战争比他想象的还要复杂。派兵部署,禀上安下,清点伤亡,事事都要他上心。不过还好,这几年他积累了不少经验,先前他公然违背了魔法部不可参与人类战争的声明,冒充了一位死在路上的上尉赴任,虽然早知战争残酷,但亲眼见到尸横遍野,还是忍不住心惊。

T当时就想,天哪,千万不能让这种情形继续下去,不能让N看到这种场面。

N,他又想到了N。

他在前线已有两年，已有两年没见过 N 了。

这些日子里，他根本数不清有多少次想起 N。他打赢大大小小数十次战役，那双冷凛的瞳孔倒映出无边火光硝烟，沾染上多少敌人的鲜血，却不敢再去直视一个人的眼睛。

他不想让 N 干净澄澈的眼睛里蒙上战争的灰尘。

外边有人声喧闹，他起身，迈着稳重镇定的步子向外走，在揭开帐篷时却似乎瞧见了一个熟悉的身影。

他脚下有一瞬间的停顿，但很快又苦笑一声，怎么会是 N 呢。

他曾经恍然打开一个棕灰的皮箱，妄想着 N 能从里面跳出来，给他一个惊喜。可没有，每每都是一场空。

外面只是一个误会引起的小骚乱，T 巡视一圈营地回到帐篷时，N 在阴影中看见他扶住铁架身体猛地一顿，手停在唇上一会儿，再放下来时，掌心多了一样东西。

N 借着远处的火光看得清楚，是一朵小小的月亮花。

06

N 守在营地已有两天了，他在穿行的士兵中来回躲藏，险险才将自己藏住，没被人发现。在来到这里之前，他听追随 T 上战场的部下提到，T 是在 13 日早上接到命令的，随后带领驻扎在此的士兵去支援友军，而后战死于枪林弹雨中。

其实 11 日晚 T 就去过战场了。毕竟短距离的瞬间移动对 T 来说轻车熟路，不会有人知道，在别人都在休息时，有个魔法部高官曾在黑夜潜行，到达战地，隐在暗处用咒语帮友军避开了不少枪弹。

T 在破晓时才悄然归来，整夜的战斗让他筋疲力尽，他一头栽倒在行军弹簧床上，很快就睡去了。

N放轻了步子才敢溜进来。指挥官帐篷并不宽敞，摆设也陈旧，但处处都充满了T的气息。

他简单庄重、冷静克制的气质，即使在战场上也没有变过。N偷偷朝他下了昏睡咒，怕他像以往般在梦中也警惕着。多睡一会儿吧，他将手轻轻抚上T的额骨，又顺着他的鼻梁朝下，最后目光落到他的唇上。

花吐症。（注：因在意他人，说话时口中会吐出花瓣，化解之法为见到在意之人。）

N忽然笑出了声。

若是让部里的人知道了，怕是要惊掉下巴。T先生一张清冷的脸，却患上了花吐症，可能要连续一个星期成为《世界魔法日报》的头条。

T睡得很沉，呼吸声却不重，N都要怀疑是不是刚才施法太重，麻痹他的呼吸道了。他的视线落在T手背的伤口上，狭长伤口处的血已经凝住了。虽然知道T的治愈术强过他，他还是忍不住将治愈系的咒语又往伤口上覆了一层。然后他翻过他的手，查看他的掌心。

T的深色外套在今晚沾上了更多的血渍，口袋边上探出一小朵花瓣，是上次他吐出的月亮花。N将花瓣攥在手心，又低头去看自己西装上已经枯萎的那一朵，他的决心愈发强烈起来。

他记忆里的T，是低沉的安慰，是温柔绵延的光线，不该是被月亮女神带走的冰冷尸身，不该是一个沉重的黑色棺椁。

这一次，他一定要踏过血腥与T重逢。

07

T不是没有察觉到异样，出现在余光里的熟悉影子，手上被再次添加过的治愈术，以及隐隐约约落在掌心的温度。但这最好不是真的，这种是非之地，N 来了能有什么好事。

T 一如既往地行军部署，满身风雨来去匆匆，眉也总紧皱着，仿佛有做不完的决策和解决不完的难题。N 看了他这样子，心里也总是揪着。

已经是 12 日晚上了，不出所料的话，13 日上级会下达支援命令，整个部队会在明天一早动身。

熬到明天早上就好了，N 心中暗想，等命令来了，他就将原先那个上尉在两年前遇害的消息散布到军营里，那么 T 就会因为身份造假，被留在营地等候审查，而不是随大部队一起前往战场。

或许是久久等待的时机终于快要到来，让他放松了警惕。他在夜晚的树林里勘察着地形，决定明早要在哪些地方分发写着原先上尉身亡消息的纸条时，忽然感觉身后气息一冷，有人悄无声息地用枪口抵住了他的后颈。

"你是谁？"T 冰冷的、带着杀气的低沉声音响起。

N 整个神经在一瞬间停滞，他极其缓慢地转过头去，仿佛一个陈旧生锈的轴承在转动，而后他看到 T 错愕万分的眼神。

完了。N 的心里简直像被石头砸出了一个窟窿。

08

帐篷里一片寂静，N 有些心虚地不敢直视 T。明明他是来救人的。

"你怎么来了。"总是 T 先开口。

因为你死了，N 心想，嘴上却回答："来看看你。"

"那躲在暗处干什么？"T 沉声问道。

N 别过目光："我，我担心你在战场上的安危，本想看看你就走……"他顿了顿，叹了口气，"没想到还是被你发现了。"

T 顿时一顿，刚才还为弟弟贸然来到这么危险的地方生气，现在看到对方小心翼翼的眼神，一颗心顿时柔软起来。

N见T面色有所缓和，连忙转移话题："你是什么时候开始吐花的？"

T微闭着眼，呼吸很轻："我上战场的前一夜。"

"所以你给L写过信，却没给我写信？"N的语气有些懊恼，"L知道你喜欢月亮花，我却不知道。"T像是睡着了，没有答话。

不知过了多久，T睁开眼，眼神恢复了往日的平稳冷静，他盯紧着N，声音平静得像是在说别人的事。

"N，我写信告诉L我喜欢月亮花是今天早上的事，可能信还没到她手里，你怎么知道？还有，你想散发在营地的消息是为了阻止我明天去战场。"N的脸色发白，见T指了指他戴在胸前的、D交给他的东西。

"时间转换器。"他说，"N，你回到了这段时间里，是想救我。"他眼睛像彼岸的夜色，"所以，我会死在明天的战场上，对吗？"

09

N从没预料到会是这样的结局。

他之前想到，若是不小心被T发觉了，扰乱了原先的时间走向，那他先拖住哥哥，总归T活着，以他的聪明才智，也可能有办法摆正时间。

但他突然发觉自己错得离谱，T根本不愿他来拯救自己。

"你记得学生时代的预言课吗？N，你告诉我你当时看见了上万种神奇动物，那你记得我的吗？"

N猛然想起，T说过他茶杯底的预言——尸骨堆积上的一轮月亮。

原来所有的一切都早已被写进命运里。

"我如果不去，明天的战场至少会多死二百名友军士兵。"他苦笑一声，"N，你觉得我会留在这里吗？"

N神情茫然，像忽然身在北方荒原的冬夜，冷光里沉寂着冰雪。他觉得自己像一尾枯萎的鱼，被冻在常年不化的冰湖里，鳞片刺入肉身，淋漓痛意悄然蔓延。他颤抖着唇想说出挽留的话，却怎么也开不了口。

T的决定，任谁也无法动摇，就算是亲人也没有例外。

N不知道自己是如何拖着沉重的身躯偷偷随着T到达战场的，他心中只有一个念头——T要去赴死，那自己就做他领口的月亮花，陪他一起等待阿尔忒弥斯女神，将他们一起葬在流星之下。

战火如预料般凶猛，那颗命运的子弹穿透T的胸膛时，他仿佛听到那条红竹蛇的嘶吼。

这就是结束了，他想，竟比想象中还要迅速些。

接下来呢，对了，是该默念出那句话了。

This is goodbye，N。

如山如海的火焰里，他看见N朝他奔来。

就在这个瞬间，T到唇边的话怎么也说不出了。

不，T绝望地想，我根本说不出再见，我永远无法对N说再见。

多少年来，T觉得自己仿佛守在一座古老寂静的森林里，N就好像常常跑进他领地的一只泽西狮子兔，T在雾霭森林的深处瞧N好奇地打量这个世界，追着其他神奇的动物来回撒欢，乐此不疲。

不知哪一次，这只泽西狮子兔停下来朝T眨了眨眼，T就再也放不下了。

10

N见到了月亮神阿尔忒弥斯。

他跑得踉跄，炮火的声音太大了，掩盖了他喉咙里的悲鸣。T就这样倒在他眼前，子弹穿过他的后心，带出簌簌的猩红的血。

月亮神是在刹那间出现的，N 刚刚跑近 T，还没来得及抱住他，他的身躯就已被月光围住，瞬间散落的银光在月亮神的指尖下引着 T 的遗体飘向天空。

"也带走我吧！" N 站得勉强，仿佛再来一阵炮火声就能轻易将他击倒，他面向夜空，声嘶力竭喊起来，"请把我和 T 一起葬在流星之下吧！"

他看见月亮神阿尔忒弥斯一双温柔的眼睛望过来，困惑地瞧着他，很快又微微笑了笑："你是他的兄弟，跟他一样会魔法，我瞧瞧，咦？竟然还是用时间转换器回到这里来救人的……但 T 拒绝了你，一意来赴死……"她的眼中突然有些悲悯，遥遥看着 N，那双眼一眨不眨地盯了他很久，仿佛神也会有同情心似的。

月亮女神是真的有同情心的。她在夜幕中迟疑了一会儿，左指尖远远轻点了一下 N，N 也随着银光浮了起来，女神说："你跟我来。"

她没有再走向流星的尽头，而是带着一生一死的他们，走到了地狱的缝隙中。

11

地狱的船夫看见月亮女神，破例载了未亡之人 N 渡过感叹河和苦恼河。

凶残的地狱三头犬在 N 的昏睡咒下沉沉睡去，夜色般的渡鸦发出低低的哀鸣声，从他们头顶飞过，让 N 通过了地狱大门。

N 随着月亮女神走过冥府的漫长道路，枯萎的黑色大丽花散落在塔桥上，赤红巨蟒来回游弋，噬咬生前作孽者，吸魂怪四处飘摇，以吸食亡人曾经的欢愉为乐。N 踩碎了一块白骨，白骨化成溟灰，跟 N 说谢谢，他很快就要解脱了。

N 和月亮女神穿过一群又一群流着血泪尖叫的幽灵，终于来到冥王和冥后面前。阿尔忒弥斯向冥王和冥后诉说这对兄弟的经历，将 N 与 T

的悲伤化成琴声。琴声沉重哀伤，幽灵们竟也开始哭泣，就连复仇三女神也留下了漆黑的泪珠。心地善良的冥后被这琴声深深打动，她向冥王哈得斯求情，最后冥王同意了月亮女神的请求。

他允许N带T回去。但冥王告诉他：在到达他们的世界之前，不可以看T，否则他将再也无法见到T。

N怔在原地，狂喜到快要哭出来，刚要深深鞠躬道谢，却突然发现自己已在冥王宫殿外，整个天地传来冥王深沉的声音："不许回头。"

在这个瞬间，N觉得周身气氛突然不一样了。是T，是T已恢复了气息，此时正站在他身后。耳后传来再熟悉不过的声音："我在这儿，N，带我走。"

他们俩一前一后走向远处的透光处，那里就是他们要到达的地方，他们的世界。

N在前面领路，T则紧紧地跟在后面。他们默默地穿过冥府前的长桥，踏过累累的尸骨，不断走向光明。

"我没想过你能为我做到这般地步。"T的声音很轻，就像他们的脚步声。

"什么地步？也就是跟冥王要回一个人而已。"N脚下走得很急，迫不及待地要离开这里，但仍想用轻松的语气让自己看起来心情没那么急迫。

"你在胡闹，N，为什么要随我葬于流星之下？"T皱起眉，满满的担忧，可听起来像是他又拿出了兄长的严肃腔调。

"我舍不得我哥哥孤独。"N脚下顿了顿，话里带着点难过的鼻音，听起来瓮声瓮气的，抬起手臂迅速擦了一下眼睛。

T沉默了，眼中像倒映出河水所有的火光。他脚下疾行，离N又近了些，心想，来吧，来融化我吧，我不会躲开了。

距出口越来越近了，N突然停下脚步，微侧了侧头，听着身后像是没有了动静："T，你还在吗？"

无人回答，只有风啸声，他又高声问了一句，身后仍然鸦雀无声。

他着急了，迫切地想扭头去看看T是否在他身后，冥王宫殿的那一幕是不是自己的错觉。

就回一次头吧！他想，冥王看不到这里的，回头看看T，是真正的T在他身后吗？还是这一切都只是冥王和月亮女神对他开的玩笑？

他心慌得不行，紧咬着发白的嘴唇，手心被指甲刺出沁血的印记。就瞧一眼，飞快的一眼，保证冥王不会发觉。不然他真的无法确定，这一切是梦境还是真实。

他缓缓转动脖子，像僵硬的机械般，失神的眼睛移动……

"别回头！" T低沉的声音终于传来。

"T？你在我身后吗？真的是你吗，哥哥？我想看看你。"

"N，"他听见T轻叹一声，"是我。

"N，别慌，我在这里。

"N，我总是在你身后。"

心底的巨石落下，N终于能够正常呼吸。他继续走，很快就要到出口了。

"我根本说不出再见，N。" T说。

出口有风鸣，N没有听清："什么？"

T在心里默念：我根本说不出再见，N，我永远无法对你说再见。

他们终于踏进光明里。

N终于感觉到背后之人活生生的气息，T的体温包围了他。他们从绝望的地狱归来，再也不会分开。T什么也不必说了。N怎么会不知道呢？T就是那座清凛庄重的猩红山峰，而N是他悉心守护的一束月亮花。

月亮花的根茎攥着他的命脉，枝叶连着他的喜悲，他就这样悄然望着他。

END

贪余乐

真相是真 IV //WHAT IS THE TRUTH///WHAT IS THE TRUTH//

TRUE OR FAKE ?// TRUE OR FAKE

TANYULE

TRUE OR FAKE ?// TRUE OR FAKE //TANYULE // TANYULE //TRUE OR FAKE//

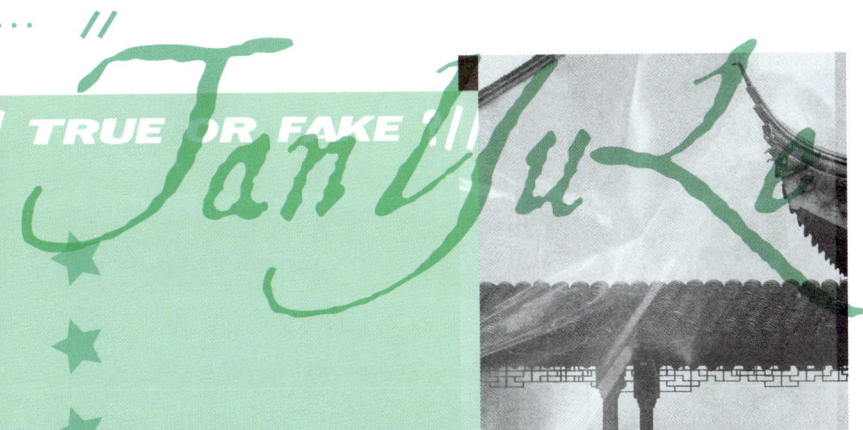

/ TRUE OR FAKE ?//

文/红姜花

晋江作者。
微博@红红红姜花

YU

WHAT IS THE TRUTH？

她温软娇小，撞过来几乎没什么重量，
却让他的心“哐当”动摇一下。

/ TRUE OR FAKE ?// TRUE OR

贪余乐

文/红姜花

晋江作者。
微博@红红红姜花

01

二月，祝府。

昨儿个刚下了一场大雪，京城银装素裹。

天一亮，祝府的下人一早便清了积雪，院子干干净净的，唯独屋顶与院中摆设仍堆积着皑皑白雪，多少残留着冬日的气息。

祝家老爷不在府中，宅邸略显冷清。两名身着玄色飞鱼服的锦衣卫站在二堂之中，院外时不时有下人穿堂而过，脚步匆匆，并未做停留。

片刻过后，一名中年人走了过来，他跨过门槛，恭恭敬敬地对两位客人行了个礼："卢大人，沈大人。"

为首的卢剑辰客客气气地还礼："祝管家。"

祝管家四十岁上下，衣着朴素，长得也不起眼。他满脸笑容，面孔上的褶子不多不少，恰好堆出一团和气，堂堂祝家的管事倒更像个乡下的富农户:"我家大小姐说,您二位来了,可要抓紧请过去,别怠慢了。"

说着他让开大门,伸出手。礼数点到即止,可脸上的笑容却未达眼底。

明眼人都能看得出,祝管家没太把两位锦衣卫放在眼里。

沈厉炼见状蹙眉,卢剑辰把沈厉炼按回原地:"烦请祝管家带路。"

祝家说来也奇了,世代盐商,富可敌国,到了祝老爷这代,生了俩闺女,又收养了一个,偌大的祝府竟然连半个儿子也没有。

这三位小姐性子各有不同,在京城也是百姓们在茶余饭后的谈资——大女儿刁,二女儿乖,三女儿痴。特别是大女儿祝佳期,性子飞扬跋扈,蛮不讲理,耍起横来,京城里谁都要退让几分。偏偏祝老爷最喜欢的就是她,指不定祝家家业就是大女儿和未来入赘夫婿的了。

祝管家带着锦衣卫穿过二堂,去见了祝大小姐。

祝大小姐自幼就随祝老爷在外打点生意,时常抛头露面,请人到内宅见面,并不是什么稀罕事。

"大人们,"管家在某处居所一停,"到了。"

院落不大,东边筑着一处水榭,亭角招摇有力。除了亭子,院内多嶙峋山石,如今深冬,枯草昏黄,盖着厚厚积雪,峻峭大方。

祝家大小姐就坐在水榭中央。两人向前,她闻得脚步声,头也不抬:"二位大人,佳期恭候多时了。"

亭子下的姑娘,头戴白玉孔雀簪,身穿缕金翠羽袄,碧玉马面裙。外面披了个白狐皮子,眉目如墨,脸面白皙,她手中捧着一盏梅子青,身边挂着个鸟笼,里面立着一只翠绿的绯胸鹦鹉,祝佳期抬手逗了逗,它扑腾了两下翅膀,也没叫一声。

"大人们请坐。"祝佳期继而开口。

她话说得客气,但没有多上心。卢剑辰与沈厉炼都没动,前者勉强挤出笑容,他手一抬,作了个揖:"祝小姐,我是来给你赔不是的。"

"嗯?"祝佳期送茶盏到嘴边的手一顿,总算抬起眼皮瞧了一眼他,"赔什么不是?"

"前天,"卢剑辰回道,"您鹦鹉的事。"

祝佳期眨了眨眼:"哦。"

她好像才想起来有这么回事。

说来也是卢剑辰倒霉,当街抓个小贼,没想到碰上出门溜鹦鹉的祝家下人。四五个人小心翼翼地拎着个鹦鹉笼,架势可谓夸张到了极点。小贼自然哪儿人多走哪儿,瞧见祝家人迎面走来,他往当中一挤一撞,"啪嗒"鹦鹉笼摔到了地上。小贼没事,鸟却出了事。

祝家大小姐的宝贝鹦鹉经那么一吓,不会说话了。

祝家有权有势,在这京城都能说得上话。祝佳期又摆明了是未来的家主,这还了得?卢剑辰思来想去,只得硬着头皮登门拜访,道歉赔礼。

"就这啊?"祝佳期一勾嘴角,姣好面容更是生动明艳,"值得锦衣卫大人特地来跑一趟吗?不打紧,不就是个鹦鹉吗?"

卢剑辰松了口气,他脸上的笑容也真切了几分:"那祝小姐——"

"——你给鹦哥跪下磕个头,这事就这么算了吧。"

卢剑辰刚扬起的笑硬生生卡在了半截。

偏偏祝佳期语气认真,一张俏脸面无表情,好似之前的笑意都是错觉。她那双眼眸又垂了下去,连个眼神都不施舍给卢剑辰,再加上她蛮横无理的名声,这可不像是随便说笑的。

她的漫不经心叫沈厉炼按捺不住了,他蜷了蜷手,低声打破了沉默:"祝小姐,我大哥为了此事辗转反侧,觉着实对不住您,才特地过来赔礼道歉。他诚心诚意,你再如此刁难,实在是说不过去吧。"

祝佳期瞥了他一眼。

"我家鹦哥呢,"她从石桌的匣子里捻出几粒苞米,送到笼子边,"长得不漂亮。漂亮的鹦鹉我也买了不少,知道为什么我最喜欢鹦哥吗?"

她这才转过头，第一次正眼瞧向二人。

"因为我家鹦哥知道什么时候该开口，什么时候不该。连一家小姐的鹦鹉都懂的事，官家的却不懂，长得再漂亮，又有什么用？"

沈厉炼：……

他没料到祝佳期会说到他的容貌，言语之间还尽是瞧不上的意思，沈厉炼僵在原地，像是打算反驳，却又因为卢剑辰的事犹豫了。

幸而祝佳期也没那么多耐心。

"行了。"

她明摆着没把沈厉炼放在眼里，祝佳期看向卢剑辰："卢大人，我不喜欢强人所难。您不想道歉，那今天就算了。回去再想想，哪天下定决心，'诚心诚意'地来道歉，佳期随时等着。管家，送送二位。"

在院落门口等候的祝管家闻言，弯着腰走过来，笑眯眯地对着两位锦衣卫一抬手："二位，这边请。"

卢剑辰临走前看了祝佳期一眼，后者把茶盏往石桌上一搁，一双凤眼全然不似大家闺秀，大胆直白地盯着他。

祝管家送走了两个锦衣卫，又恭顺地回到了花园。祝佳期还坐在原地，正往湖中瞧。

湖边的积雪特意没被打扫，红亭白雪，亭中璧人一身翠绿，映衬得人和雪一样白。祝管家站在院子前，都舍不得踏进去，生怕搅扰了美丽的画面。

自家三个小姐，各有各的好。人人都说大小姐脾气刁钻，没人敢娶，他们也不想想看，她一个姑娘家，刚识字就跟着祝老爷算账经营，抛头露面，性子要不狠一点儿，那外面的风言风语还指不定怎么传呢。

"大小姐。"管家小心翼翼地走到祝佳期身边，"这两个锦衣卫……"

"说说看。"祝佳期接话，拢了拢身上的披风，"都打听到了什么？"

管家顿了顿，心底寻思了一番。来的两个锦衣卫，姓卢的那个不说，姓沈的那个倒是长的着实俊俏。

"那个沈厉炼，"于是祝管家挑好看的先说，"家中父母死得早，没什么势力背景。早前牵连进魏公公的事里，下了狱，当今圣上给赦了出来，从百户给降回了总旗。平时没什么爱好，就是……"

"就是？"

"和香阁的一位姑娘关系不错。"

祝佳期哂笑一声。

"那位卢大人呢？"提及卢剑辰，祝佳期眉梢一挑，露出不易察觉的笑容，"瞧他那德行，我倒头一回见到锦衣卫满脸丧气的。"

"卢剑辰啊。"管家一笑，继而说道，"家里穷得很，有个老母。手里有点儿银子，正琢磨着打通关系升官呢。"

怪不得。要想升官，可不得夹起尾巴做人吗？

偏偏在这节骨眼上得罪了祝家小姐，这卢剑辰也够倒霉的。

祝佳期对沈厉炼没什么想法，生得再俊，也不过是个逛烟花之地的男人。她看不起这些人，他们在外花天酒地，却硬是要姑娘家大门不出。她祝佳期就抛头露面高调做人了怎么着？为了钱权，他们不还得向她点头哈腰，赔上笑脸？

而卢剑辰，小心翼翼，战战兢兢，却不是那种让跪就跪的人——他要是真跪，这事也就这么过了，祝佳期看不起没骨气的人。

至于有骨气的人……

"家里穷得很啊。"她若有所思。

02

卢剑辰从北镇抚司回家的时候，察觉到了不对。

当街停着一顶轿子，乍一看普普通通，可卢剑辰当了多年锦衣卫，眼力自然远胜常人。

轿子的木头和帘子都用的上好材料，绝不是寻常富户小姐能用得了的。卢剑辰寻摸一圈，没瞧见半个轿夫。

他踟蹰片刻，还是放下了怀疑。一户小姐，到哪儿也和他无关。

他推开家门，刚跨过门槛，便听到自家老母的笑声。

家里来了人？

"娘。"卢剑辰走进屋，当即问道，"有客——"

后半句话，在他看见来客之后，硬生生卡在了喉咙里。

堂堂祝家大小姐祝佳期，不忙着年关的事情，而是正与母亲坐在他家的炕上聊天。

听到声音，母亲兴高采烈地扭过头："剑辰回来啦！"

祝佳期也转过头。

今日她一身白色棉斗篷，领口围着红狐皮子，洁白的双手捧着个暖炉，言笑晏晏大方玲珑，一张俏脸被衬得鲜活生动。卢剑辰的母亲年轻时做多了针线活，眼睛不好，如今几乎看不清东西，也幸亏看不见，否则祝佳期这一身的珠光宝气，怕是要吓坏他上了年纪的老母。

卢剑辰满脸错愕："祝小姐？你来做什么？"

卢母旋即蹙眉，训斥道："这么大的人了，你怎么说话的。"

祝佳期勾起嘴角："卢大人。"

说着她还站了起来，对着卢剑辰福了福身子。这一福身不要紧，卢剑辰差点儿给祝佳期真跪下了。

让祝家大小姐给他行礼，这一个礼怕是要折他十年寿。

然而碍着母亲的面，卢剑辰也不好多说什么，只得硬着头皮受了这个礼："祝小姐您客气了，不知何事竟要你亲自上门？"

"也没什么。"她语气亲热，脸上却依然冷冰冰的，一双凤眸直勾勾地看着卢剑辰，"就是刚巧路过，听说你家只有老太太在，想看看有什么能帮衬的。"

还真没哪家小姐会和祝佳期一样，盯着个男人动也不动。但她看着他,他却不敢看她。卢剑辰低着头,眼神聚集在祝佳期的斗篷角上,听到祝佳期的说辞,也不作回应。

"剑辰啊,就是不太会说话。"卢母打破了片刻的沉默,"祝小姐您多担待。"

"不打紧。"祝佳期的凤眸眯了眯,收回目光,"老实人,总比那些个能说会道、惹是生非的强。我见识过卢大人的办事水准,也是托大人的福,都到了年关,我家下人还能忙里忙外,热闹得紧。"

一句话不仅讽刺了卢剑辰,把沈厉炼也带了进去。

真不知道二弟哪儿招了祝大小姐的嫌,他只能勉强开口:"劳祝小姐费心了。"

"卢大人要是真想谢我。"祝佳期不为所动,"不如好好琢磨琢磨之前你答应我的事情。"

卢剑辰心底一紧,心说他哪儿答应了祝佳期什么事。即便是上门道歉,也不见得他就真认了倒霉,非得要给祝佳期下跪不可。

但祝佳期没给他再说话的机会,笑吟吟地转身对着卢老太太熟络地叮嘱:"这腊月冷得紧,老太太可得注意保暖,我拿来的衣裳都是现成的,您直接穿着。"

"你还带了东西来?"卢剑辰说。

"还不快给祝小姐道谢?"卢母训斥道。

卢剑辰不得已回了一礼:"谢谢。"

祝佳期一脸无趣,她微微颔首:"行了,我铺子里事多得很,不叨扰老太太了。"

说着她便准备离开,祝佳期个头不高,步子却不小。她看也不看卢剑辰,跨过门槛,头也不回,径直朝着大门走过去。

卢剑辰急忙跟到院子里,朗声开口:"祝小姐,请留步!"

"怎么?"祝佳期驻足。

卢剑辰走到她面前:"隔天我把见面礼给您送回去。"

祝佳期闻言挑眉。

她很惊讶，还从没人敢这么和祝家大小姐说话："你敢不要我的东西？"

"无功不受禄。"卢剑辰客客气气地回道，"祝小姐，你我的恩怨，还是别牵连到我母亲，她什么都不知道。"

祝佳期淡淡地说："我又不图你什么，像防贼一样，也不看看自己混成什么德行。"一番话说得咄咄逼人，卢剑辰没吭声。

他只是不想和祝家扯上关系，特别是祝佳期。祝大小姐的恶名传得人尽皆知，卢剑辰还真没听说哪个得罪了她的人还能落到好下场。

人人都说祝家大小姐十七岁还没嫁出去，自然是生得凶神恶煞，和母夜叉一般。但面前的祝佳期可不像夜叉，反而生得格外好看，特别是那双微挑的眼，目光也不躲避，直接撞上卢剑辰的视线。

他被这双眼盯得头皮发麻，祝佳期却不饶他："见面礼是送给老太太的，她收下了，哪有由你退回来的道理？"

"我母亲根——"

"没完没了。"

那日在祝府，怎么没发现他这么啰唆。

祝佳期想不通，又不是什么稀世宝贝，到了卢剑辰这里就成了了不得的大事。她也懒得去想："你要是真想和我撇清关系，我家鹦哥还在等着你。"

卢剑辰身形一僵。

真是有意思。他处处小心，话也不敢多说，生怕顶撞了自己，却非得在还礼和下跪这种事上寸步不让。祝佳期真不知道说他有骨气好，还是没骨气好。她上上下下打量他一番，继而放缓了语气："不过是几块破布，几件现成的衣服，放在祝府，连下人都懒得去碰。"

言下之意，叫他收起多疑，一个没背景的锦衣卫，她还没心思巴结交好。

祝佳期言语之间的轻蔑反倒是让卢剑辰松了口气，他也不再讨嫌，一抬手："那我送祝小姐出门。"

然而等到卢剑辰回屋的时候，他才发现自己真是低估了有钱人家的能耐。

两大箱子上好的绸布，三身崭新的棉服，缎面上绣着的金丝线恨不得要闪瞎他的眼。祝佳期口中的"几块破布"，随便拿出一匹，都能顶卢剑辰半年的俸禄。

卢剑辰倒是也想知道，他一个没背景的锦衣卫，她祝家大小姐图什么？他得罪了她，她还要专程上门，送这些东西。

不过很快卢剑辰就明白了。没完没了的可不是他，而是祝佳期。

03

隔天一大早，卢剑辰到了北镇抚司。还没跨过门槛，往日算不得熟稔的总旗就迎了上来，一副热情模样，对卢剑辰开口："卢大人，得提前恭喜你了！"

卢剑辰：？

他寻思了一圈最近发生的事情，也没想出个所以然来。卢剑辰素来低调规矩，也不喜欢站队结派阿谀奉承，除了二弟三弟，他与其他锦衣卫的关系平平。这得是多大的喜事，才能让旁人特地前来向他道喜？

"林总旗不要笑话我，"于是卢剑辰开口，"我有什么事值得恭喜的？"

"还想瞒着咱们呢。"林总旗拍了拍卢剑辰的肩膀，笑得鬼鬼祟祟，"我正帮百户大人办事，人就气势汹汹地闯了进来，把百户大人都吓了一跳……欸，对，临走前我还听见她点了名夸你。看不出来啊卢剑辰，平时老实巴交的，什么时候有了这么好的福气？"

卢剑辰蹙眉："谁？"

"你这就没意思了啊。"林总旗颇为不满，"祝家大小姐都找到北镇抚司来了，你还装模作样的。"

卢剑辰：……

他顿时心生不好的预感。

祝佳期到北镇抚司来做什么？这可不是一般平民来的地方，也不是她祝家大小姐来的地方。寻常人躲这儿都来不及，卢剑辰还是头一次碰见上赶着拜访的。还是挑在这个时候。

他刚结了案子，得把文书交上去，偏偏祝佳期也在。

他顿时有些犹豫，去还是不去？卢剑辰实在不想再招惹是非，可又听林总旗说她上来就点了自己的名字。

不惹麻烦，不意味着麻烦不来惹你。

卢剑辰掂量片刻，还是硬着头皮，朝着大堂走去。

他走进院落，离着大堂还有两丈的距离，透过敞着的大门，就看到了祝佳期。

祝佳期总是那么显眼，卢剑辰见了她三次，三次她都像是戏里名角上台似的张扬，今天也是。一抹砖红立于庄严肃穆的黑色背景中，仿佛血滴在了黑布上。她似乎有所察觉，回过头来。

祝佳期唇瓣朱红，凤眼上眉毛描得凌厉。她在看到卢剑辰后嘴角一勾，明艳生动，但卢剑辰怎么都觉得祝大小姐不怀好意。

往日里趾高气扬的百户大人，此时此刻正站在祝佳期的身边，鞠着笑容，点头哈腰，就差给祝佳期亲手搬个椅子，请她坐着叫人来伺候了。

这样的场景看得卢剑辰浑身不舒服。

"百户大人。"但他还是走进大堂，先把文书递过去，然后才转向祝佳期，"祝小姐。"

要搁平时，百户大人怕是都懒得拿正眼瞧他，可现在他不仅亲手接过了卢剑辰的文书，还扭头向祝佳期打趣道："每回他都是第一个交上文书，勤快得我都心疼。卢剑辰，只要案子办完了，晚个一天半天的也不要紧，大清早就跑来，再叫祝小姐以为我故意使唤你。"

卢剑辰勉强扯了个笑容："大人您哪儿的话。"

他禁不住瞥了祝佳期一眼，琢磨着她这葫芦里卖的什么药。

他却没料到祝佳期的目光始终落在他的身上。

四目相对，卢剑辰吓了一跳，可祝佳期还是那副天不怕地不怕的模样。

"本事大，就得忙一些。"她笑吟吟说道，一张俏脸亲切大方，"就跟大人您一样，担着百户的名头，要比他这个手下更忙碌吧？"

祝佳期说话脆生生的，嗓音在百户一词上转了个弯。卢剑辰一怔，便听到百户大人赔着笑脸接下了话："不就是个百户，怕是过不了多久，他就要和我平起平坐了。"

她等的就是这句话。

祝佳期露出满意的神情，也不多说："那行，我就不叨扰百户大人了，您公务繁忙，别再为我耽误了正事。"

百户大人朝着卢剑辰使了个眼色："卢剑辰，还不快送送祝小姐？"

没料到祝佳期却摇了摇头："用不着，我府上管家正等我呢。"

直到交完文书，卢剑辰还没想明白祝佳期到底想干什么。

他离开大堂，没走几步就撞见了沈厉炼和靳山，两位结拜兄弟见着他便迎了上来，明摆着候他多时了。

靳山率先开口，满脸担忧："大哥，祝小姐来做什么？"

"我也不清楚。"卢剑辰如实相告，"她冲着我来的。"

沈厉炼比靳山多个心眼，传到卢剑辰面前的话，自然也传到了他耳朵里。他眉头紧紧拧起："祝佳期这是在整你。"

"祝小姐想害大哥？"靳山有些讶异，"她又是给家里送东西，又是出钱帮忙上下打点，哪有这样害人的？"

卢剑辰反应很快："你怎么知道她往我家里送了东西？"

"呃……大伙儿都知道了。"靳山挠了挠脑袋。

卢剑辰心道不好。他脸色一变，沈厉炼也就知道卢剑辰想通了其中关键，但他还是忍不住开口提醒："坊间一直有说，得罪了祝佳期的人，全家都没好下场。大哥，咱们得好好想个办法才是。"

待到卢剑辰回到家里，看见的就是母亲喜气洋洋的笑脸。她牵起卢剑辰的手，浑浊的眼睛里尽是欣慰和惊喜："儿啊，祝小姐晌午就派人来通知我了，你要升百户啦。她说待你升官的时候，得给你设个宴，你说你修了多少年的福气，才认识祝小姐这么好心肠的人呀。"

但卢剑辰笑不出来。

得罪了祝佳期的人，全家都没好下场。

他还听说在养起鹦鹉之前，祝家大小姐闲暇时光最喜欢干的事就是盘玉。亲自把那一块块璞玉盘得温润剔透，待到焕然一新之时，再往地上狠狠一摔，她就要看它摔个粉身碎骨才开心。

他缓缓抽回手："娘，我出去一趟。"

卢母："你去哪儿？"

卢剑辰："祝府。"

04

卢剑辰决定二次拜府的时候，祝佳期正在和二妹祝拾画吃茶。

眼下祝老爷在外地忙碌，据说要到小年才会归来。京城的铺子和琐事，统统由祝佳期处理。她成日忙里忙外，待到闲暇时，还是愿在自己别苑的水榭上逗逗鹦鹉发发呆。

今日拾画也在。

祝拾画是祝老爷收养的女儿，坊间都说是祝家外室的孩子，但府内的人对这种传闻嗤之以鼻。拾画生得极美，忧郁玲珑，清明淡雅，要说祝佳期是白昼的炎炎烈日，那她就是夜晚挂在黑布上的一弯明月。

拾画坐在一旁，瞧着祝佳期喂鹦鹉，柔声开口，带着江南一带的口音：

"阿姐，鹦哥当真不会说话了吗？"

像是要配合祝拾画似的，笼子里的鹦鹉拍了拍翅膀，叫了几声，却不是人话。

"托那个锦衣卫的福。"祝佳期回道，言语间还带着气不忿的意思。

拾画轻笑："那思凡可有的伤心了。"

提及祝家老三，祝佳期嗤笑几声："她从外头捡了个流寇回来，新鲜着呢，哪儿还惦记着鹦鹉不鹦鹉的。"

拾画："流寇？"

祝家老三今年还没及笄，是个俏皮捣蛋的小丫头。她前几日和秦叔抬了个半死不活的人进了祝府，偷偷藏了起来，还真当祝佳期不知道呢。

祝佳期对两位妹妹素来纵容，又不是什么牵扯到大是大非的事情，府上临时多张嘴而已。

"那锦衣卫倒是连思凡也得罪了。"拾画显然也听闻了京城里的事情，"阿姐有什么打算？"

想到卢剑辰，祝佳期笑容一收，她正打算说些什么，祝管家匆匆赶来，打断了姐妹二人的对话。

平日有条不紊的祝管家，罕见地流露出了为难的脸色："大小姐，锦衣卫卢大人想要见见您。"

祝佳期挑起了眉。

她休憩的时候从不见外人，祝管家也正是因此为难。但他还是特地赶来征询一声，显然卢剑辰是有备而来。祝佳期免不了寻思：他来做什么？

晌午在北镇抚司，卢剑辰都没看她几眼，一副不愿和她纠缠的模样，眼下又专程上门拜访，他现在倒不怕那些风言风语了。

"请他过来。"祝佳期开口。

祝拾画闻言起身："阿姐，我先回去了。"

"又没什么见不得人的，"祝佳期可不愿为卢剑辰耽误了同妹妹聊天的时间,"看看他有什么要说的。"

祝管家很快就领了卢剑辰过来。

卢剑辰走到水榭前,祝佳期侧了侧头,总觉得此时的他有点不对劲。

之前的卢剑辰,小心谨慎战战兢兢,对着她话不多说,但不会像现在这样直视祝佳期的眼睛,他不敢。而现在,他腰杆挺得笔直,浑身上下带着几分凛然的意味。

"卢大人。"祝佳期不冷不热地开口。

"祝小姐。"

他作揖,而后目光落在祝拾画身上,似乎未料到还会有旁人在。拾画鲜少在外露面,因而祝佳期径直开口:"这是我二妹。"

"祝二小姐。"卢剑辰也不犹豫,同样向祝拾画行了个礼。

祝佳期可没那么多耐性:"你来做什么？"

卢剑辰:"晌午的事,我有话想与您说。"

想也只有这件事,祝佳期嗤笑几声。

不肯为了一只鹦鹉下跪,不见得是有骨气,而是不值得。

鹦鹉养得好,能卖上好价钱,然而再好的价钱,哪儿能比得过升官加爵,前程似锦呢？祝佳期自小就跟在祝老爷身后头置办买卖,她知道人可以不为一只鹦鹉下跪,但尊严却不见得比鹦鹉值多少钱。

"有骨气的人"祝佳期见得多了。

思及此处,她一张俏脸更是染上嘲讽意味:"昨天说无功不受禄,今天就亲自登门拜访,看来卢大人倒是个好说话的人,主意说改就改呢。"

祝佳期损起人来,向来是什么难听说什么。然而卢剑辰听见她的话,还是木着一张脸。他没有反应,这反倒是让祝佳期来了气,她眉心一拧,抬了抬脸:"你不是有话说吗？说,我听着。"

"祝小姐。"卢剑辰还是那副不卑不亢的姿态,"我知道您瞧不起我。卢某贱命一条,也许还没您那笼里的鹦鹉值钱。"

他还是有点自知之明的。

祝府不知道买了多少只鹦鹉，才教出来一只讨祝佳期欢心的。而卢剑辰这种人，别说整个京城，就是北镇抚司都不知道有多少个，他哪儿能比得上她的鹦鹉？

"若是无牵无挂，卢某我入了您祝小姐的青眼，也就认了。但我家中有个母亲，还有两个结拜兄弟。他们要是出了什么事，我这辈子也不会原谅自己。"

卢剑辰体型瘦削高挑，祝佳期不得不抬头才能看到他的眼睛，而这次他没像做贼似的躲开。

这是二人第一次有了眼神上的交流。

祝佳期总算明白过来，到访的卢剑辰哪里不对了。

他的眼底有种觉悟。

男人语气平静，脊背挺得笔直，他的凛然扩散到他的声音里，卢剑辰字句铿锵，展现出祝佳期全然不曾见过的一身硬气："您说过，只要我给您的鹦鹉跪下磕头，咱们之间就彻底撇清了关系。"

祝佳期愣住了，这可不是她预料中卢剑辰要说的话。

就在她没反应过来之前，卢剑辰撩起前襟，双膝跪地，玄色的飞鱼服落在灰色的水榭地砖上，他嘴角紧紧抿着，攥着拳头，对着祝佳期身边的鸟笼，重重磕了个头。

"您想找什么乐子，冲着我一个人来。"卢剑辰再次重申，"别牵扯到我母亲。"

05

祝佳期愣住了。

她没料到卢剑辰真的会下跪磕头，更没想到下跪磕头这种事，他也能做的那么大义凛然。祝佳期与卢剑辰的目光相撞，他面孔中带着恳求，但更多的是不愿让步的固执与坚定。

在祝佳期眼里,卢剑辰平凡又庸碌。他或许有点见识和脑子,但没家世也不圆滑,前途压在肩头,不得不低头做人。

而低头做人的人,怎么会抬起头来,直视着她的眼睛呢?

"您想找什么乐子,冲着我一个人来。"

可是他这一跪,祝佳期顿时丢失了所有找乐子的心情。

之前还连嘲带讽的祝佳期,明艳面庞中的轻蔑一扫而空。

祝佳期阖了阖眼,原本紧迫的气氛瞬间发生了改变。她想说些什么,但在开口之前,别苑屋顶上陡然响起了一个男人的笑声。

"鼎秀!你别——"

"祝小姐小心!"

上一刻还跪在地上的卢剑辰,在察觉到男人的动向后,蓦然起身。

他抽出佩刀,两把长刀招架到了一起。祝佳期退后两步,略微有些讶异,朝着她袭来的正是祝家老三捡回来的流寇。

一切发生得太快了,待到二人过了几招时,祝佳期才明白过来到底发生了什么。

流寇是冲着她来的,那祝思凡人呢?

她心中一动,抬头望向流寇袭来的方向。果不其然,在那屋顶上头,一个娇小灵活的姑娘正抱着树准备逃跑呢。祝佳期顿时明白了,她一勾嘴角:"思凡,你要去什么地方啊?"

思凡是个聪明的丫头,却总是喜欢装傻充愣,还跟着江湖术士学了不少东西。祝佳期见识过她的易容水准,也知道自家小妹是个鬼灵精。

祝思凡捡回来的那个男人,想要挟持祝家小姐出府,然而大小姐有人护着,二小姐武功了得。直到祝佳期喊出了祝思凡的名字,男人才明白过来,救了他的傻丫头,就是祝府的三小姐。

祝思凡是个闲不住的,总爱偷跑出去玩,大部分情况下祝佳期权当不知道,就算禁她的足,思凡也能想好几种不重样的法子偷溜出去。

就像是现在，祝佳期干脆叫下人送她和那个流寇出府——光明正大地玩够了自己回来，总比偷摸着跑出去谁也不知道强。

处理完祝思凡的事情，祝佳期才转过身，看向满脸愕然的卢剑辰。

卢剑辰功夫不错，虽然祝佳期不会什么武功，但她也多少能看出个一二来。祝佳期倒是没想到，这个又瘦又高又谨慎的老实人，他的朴刀倒是用的大开大合，豪气得很。

"那是我三妹。"祝佳期解释道，"性子顽劣，时常惹出麻烦。劳烦卢大人出手相助了。"

"你三妹？"

显然卢剑辰还没从震惊中走出来，他连"您"都不用了。但他反应也算快，祝家老二老三鲜少在外露面，他一个大男人，也不好与大家闺秀扯上关联。既然祝佳期不打算追究袭击者的事情，卢剑辰权当没这回事："祝小姐没事就好。"

说着他收回佩刀，身上还带着武斗的气息，但刚刚的凛然和固执已然消失。祝佳期看过去时，他又避开了她的眼神。

下跪挥刀的锦衣卫不见了，卢剑辰又成了那个祝佳期眼里"低头做人"的普通人。

没意思。

祝佳期顿觉无趣，她收回目光："如卢大人所愿，你向我的鹦鹉道歉，你我之间彻底两清。打点关系的事，我会自行处理，保证从今往后，没人会置喙此事。"

卢剑辰长舒一口气。

他就像是猛然卸下了所有的重担，紧绷的躯体陡然放松下来，连脸上的笑容都带上了几分真诚。卢剑辰实实在在地对祝佳期行了个礼："多谢祝小姐。"

这是他认识祝佳期以来，第一次露出真切的笑意。

"行了。"

看着他的笑容，祝佳期觉得有点堵心，她淡淡地挥了挥手，像往日那般不耐烦地说："没什么事卢大人请回吧，佳期难得休息，不想为这等小事浪费时间。"

只是在卢剑辰转身后她又把目光转了回来，望向男人宽阔的脊背和腰间的刀。

在一旁看戏的祝拾画也在注视着卢剑辰的刀，在他离去后才轻柔地打破沉默："一把好刀。"

祝拾画自幼习武，她说好刀，那就是真的好刀。祝佳期侧了侧头："是刀不错，还是刀使得不错？"

拾画闻言一怔，仿佛没想到祝佳期还有如此说法，她若有所思地转过头来。

祝佳期一袭红裙，站在水榭中央，捧着个暖炉，在白雪之中笔直又明丽。她没看拾画，一双凤眼注视着别苑门口，不知道在看什么。

在拾画的记忆里，阿姐的目光总是有焦点的，她鲜少会如此放空自己。

玲珑心思一转，祝拾画蓦然笑了起来，她明白了祝佳期在想什么："阿姐，就这么放过他吗？"

"跪都跪了，"祝佳期冷冷地说，"我还能怎样？"

拾画："你知道他跪的不是你。"

祝佳期转身，她那精致的鸟笼就在身侧。

一只鹦鹉，有什么值得跪的？祝佳期都没把它放在眼里。

卢剑辰跪天跪地，跪家中眼盲的老母和装在飞鱼服里头的那颗良心，唯独没有跪祝佳期。

她看不起他，可某种程度上，他避着她的眼睛里，也从来没装下她。

06

祝家大小姐言出必行。她说不会有人再置喙此事，果真如此。不知道祝佳期动用了什么手段，打通了什么关系，北镇抚司上下，竟然没人在卢剑辰面前再提及过她这个人。就像是他根本不认识什么祝家小姐，也不曾得罪过她一样。

十几天后，小年。

卢剑辰从北镇抚司出来，沈厉炼与靳山正在等他。

卢剑辰走向前："二弟，托你置办的东西怎么样了？"

年纪最小的靳山讶异地看了看自家两位兄弟："什么东西？"

沈厉炼看了他一眼，从怀里拿出巴掌大的木盒，递给卢剑辰："托人从东洋买的，比得上祝家小姐那只鹦鹉。"

"鹦鹉？"靳山立刻警觉起来，祝家大小姐为难他大哥的事情他还是知晓情况的，"怎么又是祝家小姐的事情，她不是说撇清关系了吗？"

"是我要二弟买的。"卢剑辰接过木盒，解释道，"到底是叫祝小姐折了一只鹦鹉，她还送了我娘东西，于情于理都得赔她点什么。"

沈厉炼："大哥，你不打开看看？"

他摇了摇头，拍了拍还气愤着想说什么的靳山："二弟总比我懂得姑娘家的心思。我这就给祝小姐送过去。"

沈厉炼想嘱咐大哥几句，但又想到了祝家另外一位大小姐，索性改口："大哥，我陪你一同过去吧。"

靳山闻言不假思索地说："我也去。"

卢剑辰见他俩一个比一个严峻模样，不知道的还以为是领了职责去追杀谁呢，他当即笑出声："成，那就一起去。"

"不信咱们就赌，下注！我就不信了，你们还能有我——"

"赌什么呢，思凡？"

祝佳期走进祝思凡的别苑，看到的就是这副光景：刚跟着流寇出去玩了几天的祝家三小姐正在院子里，拽着几个年轻的管事小厮，攥着几块碎银子和他们打赌。

祝思凡定在原地，闹哄哄的别苑瞬间安静下来。思凡小心翼翼地转过头，看到祝佳期的脸时，漂亮的大眼睛轱辘一转，脸上露出一个讨好的笑容："大姐，你怎么来啦？该叫秦叔给我说一声的呀。"

"你们玩得那么高兴，"祝佳期笑吟吟地说，"我也想凑凑热闹。不如给大姐说说你们在赌什么，我也好下注陪你玩。"

祝思凡："呃……"

她笑不出来了。祝思凡窘迫难安，她瞧了瞧大姐，看她笑容满面的模样有点发虚，又瞧了瞧身边的年轻管事，个个都弯着腰低着头，恨不得把脑袋塞进地里去。

思凡心虚地抬了抬眼："那个，我，能不能不说……"

祝佳期挑眉："不能。"

祝思凡内心"咯噔"一声：完了。

她眨了眨大眼睛，磨磨蹭蹭凑到祝佳期身边，赔着笑脸："大姐，你饿吗？我给你拿点心去。"

祝佳期："不饿。"

祝思凡："那你渴吗？"

祝佳期："不渴。"

祝思凡："嘤。"

"和下人打个赌，我又不会吃了你。究竟有什么见不得人？"祝佳期开口，"你不告诉我，我问秦叔，秦叔——"

"我说，我说！"

眼瞧着没法藏了，祝思凡硬着头皮开口："我和管事们打赌你……"

祝佳期向来没耐心，她转头看向站在远处的秦叔："秦叔？"

秦叔恭恭敬敬地抱了个拳："回大小姐，三小姐和管事们打赌，赌您对那位姓卢的锦衣卫大人芳心暗许。"

"哦。"祝佳期言笑晏晏，她笑得越好看祝思凡越心虚，"是吗，思凡？"

祝思凡抓耳挠腮，圆润的脸蛋写满了焦急："大姐，你听我解释，事情不是这样的！"

幸而在此时祝管家匆忙地走了过来。

祝思凡瞅见祝管家时当即露出笑容："祝管家！你找大姐什么事啊？"

祝佳期诧异地扭头，迎上祝管家，后者笑着对着祝思凡行了一礼，说道："大小姐，三小姐，三位锦衣卫大人来访。"

来了救星，思凡跳了起来："是卢剑辰吗？快快快，祝管家，请过来！"

拜访祝府的锦衣卫，不用想也知道是谁。不过他来做什么？

祝佳期蹙眉，他说好了撇清关系，小年当天却登门拜访。一想到上次见面时卢剑辰的模样，祝佳期就心烦得很。

等到卢剑辰被祝管家领到别苑时，祝佳期仍冷着一张脸。但祝思凡高兴得很，要不是三个锦衣卫，她今天就要倒霉啦。

思凡瞪着眼睛，往沈厉炼和靳山身上瞟来瞟去，但她只认识卢剑辰，便直接开口："卢大人你又来啦！"

没了之前的负担，卢剑辰看上去倒也自在很多，他闻言露出笑容："两位小姐好。"

"你来做什么？"祝佳期不咸不淡地问道。

卢剑辰拿出木盒，送到祝佳期面前："作为鹦鹉的赔礼。"

祝佳期低头看向木盒。

漆黑的盒子做工精致，上面还印着个图案。祝佳期一眼就瞧出来是东洋来的玩意儿。她拿过木盒打开，里面搁着两个拇指大小的木雕金丝雀。

两只木雕，用真的羽毛点缀着，栩栩如生。确实花了点心思，但祝佳期不信这是卢剑辰能找来的，她看了看他，又看了一眼卢剑辰身旁的沈厉炼，当即嗤笑一声："小孩子的玩意儿，你当我是小丫头？"

祝思凡："我是小丫头呀！"

祝家老三身手灵活得很，她笑嘻嘻地从祝佳期手中拿过木盒："好漂亮啊大姐，你就收着吧！"

祝佳期：……

祝佳期横了思凡一眼，这丫头是指望不上了。她沉默片刻，而后开口吩咐："小年还特地来一趟，你们留下用个饭吧。去，思凡，和祝管家一起安顿好几位大人。"

成功从大姐魔爪逃脱的祝思凡领了命，高高兴兴地点头："好！"

祝佳期："把蹲在你房梁上的那位流寇也请下来。"

思凡缩了缩脖子："大姐你怎么知——"

她撞上祝佳期的目光，后者一双凤眸眨也不眨，看得祝思凡顿时没了胆："好，好吧……"

还是叫上二姐吧，思凡在心底悻悻地想，她一个人可招架不住憋着火的大姐。

"你站住。"

祝思凡带着几位客人准备离开，而卢剑辰刚刚转身，便听到祝佳期开口。

他脚步一顿，看向祝佳期。

她迎上卢剑辰的目光，微微抬了抬脸，不依不饶道："那种小玩意儿，你糊弄思凡可以，还想糊弄我？"

07

祝家家大业大，到了祝老爷这一代更是有个"祝半壁"的称号。祝佳期自幼养尊处优，什么新鲜东西没见过，别说是东洋买来的，就算是把整个东洋送给她，给不给笑脸，还得看祝佳期的心情。

卢剑辰听见她这明显是刁难的话，也不生气，耐心道："那祝小姐喜欢什么？只要卢某赔得起，我一定尽力。"

祝佳期打量卢剑辰一番："就你？穷得叮当响，除了肩膀上的那颗脑袋，浑身上下还有什么值钱的东西？"

这话放在他们初见时，卢剑辰还得掂量掂量会带来什么后果。然而眼下他又不欠她什么，被祝佳期损上两句也不会如何，所以卢剑辰干脆没开口，任由她嘲讽。

就他这副不吭声的态度，让祝佳期更为烦心。

她怎么说他都不回话，仿佛是她在无理取闹似的。殊不知自己就是在无理取闹的祝佳期，瞧见他闭嘴不抬头的架势，就莫名来气。

她一生气，一张俏脸就染上淡淡绯红，显得人灵动美艳，令卢剑辰更不敢抬头。

祝佳期憋着气，实在是想不通，凛然挥刀的锦衣卫为何会是这副窝囊样。她又瞥了他两眼，目光最终落在卢剑辰腰间的佩刀上。

祝佳期不懂武器，却也知道卢剑辰的刀是朴刀，是双手刀。那日他招架流寇的时候，他的朴刀就像是两只手延伸出去一样，豪气又灵活。

"我要你的刀。"于是祝佳期开口，她甚至主动向前迈了一步，素手伸向卢剑辰的腰间，竟要直接抽他的刀。

卢剑辰一把按住佩刀，阻止了祝佳期，一脸正色："祝小姐，您不如直接把卢某的脑袋拿去。"

她的确不懂武器，也不懂对于一名锦衣卫来说他的佩刀有多重要。

但这是卢剑辰第一次拒绝祝佳期的要求。她抬眼看向卢剑辰，后者躲开了她的目光，或许是离得太近了，卢剑辰不太自在地干咳几声："祝小姐？"

"不给就不给，"祝佳期让步道，"让我看看总可行吧？"

卢剑辰看上去还想说什么，但祝佳期的手已经握在了刀柄上。他犹豫片刻，最终还是放开了按住佩刀的手。

他想说的是，他一个大男人拿起刀时也得两只手，祝佳期一大户小姐哪儿来的力气抽出他的佩刀？

果不其然，祝佳期握紧刀柄，猛一发力，卢剑辰的朴刀不过是轻微动了动，露出来三寸银光，接着她就泄了力气。

铿锵一声，佩刀回归原位，祝佳期被这惯性带得向前踉跄两步，径直撞到了卢剑辰的胸口上。

卢剑辰当即僵在了原地。

姑娘家的脂粉味扑面而来，她的身躯温软娇小，撞过来几乎没什么重量，却让卢剑辰的心动摇了一下。

幸而祝佳期早就打发走了别苑里的所有人，要是让旁人瞧见她栽到了男人的怀里，怕是要毁了祝大小姐的名节。

但就算是没有人，卢剑辰也不敢轻举妄动。他扶也不是，让开也不是，就像个木桩般，大气都不敢喘。直到祝佳期自己找回了平衡，站好退后几步说道："怎么这么沉？"

向来冷着脸的祝大小姐，凤眸里浮现出罕见的错愕和埋怨。她白皙的脸上还带着淡淡红晕，倒比往日看上去活泼不少。

难得看见祝佳期无措的模样，卢剑辰低了低头，笑出了声。

祝佳期瞪了他一眼："笑什么？不给刀，就拿你的脑袋，这是你自己说的。"

卢剑辰顿时笑不出来了。

他的脑袋对祝佳期没什么用，但她也不想这么放过他。她思索一会儿，随即来了主意："算了，无仇无怨，我不要你的脑袋。"说着她双眼闪了闪，不怀好意道，"我要你身上的某个物件。"

话分两头，自祝夫人离世后，祝府已经很久没有那么热闹过了。

祝思凡第一件事就是吩咐下人请来了二姐祝拾画，思凡刚回府没多久。让人没料到的是，鲜少出门的拾画竟然和沈厉炼相识。

祝佳期现身的时候，瞧着心情不错。

祝佳期走过来时看到井然有序又热热闹闹的架势，赞扬地看向思凡："看来平时也不是净在胡闹。"

思凡长舒一口气，顿时喜笑颜开："还有二姐帮我呢！"

拾画："卢大人呢？"

祝佳期一个人过来的，身边连个丫鬟都没有。听闻祝拾画的问题，她挑了挑眉："和我有什么关系。"

说着就越过两位妹妹，找祝管家说话去了。

祝思凡看了看自家大姐，机灵的双眼一转，拽着二姐偷偷说着悄悄话："我觉得大姐真的喜欢那个卢大人。"

祝拾画温柔一笑："当心再叫阿姐听见，真的罚你。"

她话音一落，卢剑辰总算姗姗来迟。

他还是一身玄色飞鱼服，腰间挂着佩刀，身材瘦削且高挑。祝思凡瞧见卢剑辰时愣了愣，觉得一会儿不见他哪里不太一样了，可是一时又想不出来。

直到靳山看见自家大哥，怔了怔："大哥？你胡子呢？"

卢剑辰摸了摸他光滑的下巴，苦笑几声。祝思凡扭头看向祝佳期，后者往这边儿瞥了一眼，扬扬得意地勾起嘴角。

08

祝思凡出府的这段日子，也不是在瞎玩。

回来当天，祝佳期就从三妹那儿得知了港口的事情，据说死了不少人，是有人针对祝家做的。祝老爷直到小年夜才迟迟归来，也正是因为此事。

不过对此祝佳期很是乐观：一来盯着祝家的人可不是一个两个，而祝老爷行事谨慎，从魏公公得势到当今皇帝登基都安安稳稳的，她向来信任爹爹；二来此事不出在京城，祝佳期就是想管，也没那么大的能耐把手伸到港口去。

她本以为这个麻烦，会像往常一样很快地过去。但祝佳期没料到，还是出事了。

到了真正的年关，祝佳期还不得安宁。她一大清早就出了门，捧着个暖炉就往京城的铺子里赶。几家铺子的货仓盘点出了点儿问题，祝佳期很不高兴，她想趁早了结琐事，早点归家休息，过个好年。

临近晌午的时候，祝佳期走进铺子的货仓，一群蒙着脸的杀手从天而降。

他们是有备而来的，铺子的护卫，祝佳期带出来的家丁在顷刻间被屠杀殆尽。祝管家匆忙之下拿了她的斗篷，披在受伤的家丁身上，暂且引开了追兵。

而真正的祝佳期，躲在铺子后巷的货物后头，一声不吭，静等祝管家归来。

祝管家临走前说，会带救兵回来接她。

但祝佳期等来的不是祝管家。

而是卢剑辰。

"祝小姐，"他拨开遮挡视线的货物，浑身紧绷，神色戒备，身上也没穿飞鱼服，而是再普通不过的布衫，显然是从家里匆忙赶来的，"跟我走！"

然而在看清他的一瞬间，祝佳期的眼底浮现出戒备的神色，她侧了侧头："你来做什么？"

卢剑辰："是祝管家让我来的。"

祝佳期："祝管家怎么就偏偏找上了你这个锦衣卫？"

卢剑辰也不知道为何祝管家就找上了他。

除夕这天卢剑辰不当差，他正在家里帮母亲准备年夜饭。卢老太太刚使唤卢剑辰去把老母鸡宰了，他的刀还没见血，血淋淋的祝管家就闯进了家门。

认识祝佳期后，卢剑辰可不止一次庆幸自家老母看不见东西。

然而眼下情况紧张，卢剑辰没工夫和祝佳期在后巷里磨嘴皮子，他已经隐约听到脚步声了。所以他干脆放弃解释,将祝佳期一把从货物后面拦腰抱了出来。

祝佳期当即大怒:"你放开我!"

卢剑辰果然放开了她,却不是因为祝佳期的话,而是因为追兵到了。于是祝佳期再次见到了卢剑辰抽刀的模样。

祝佳期一直觉得,卢剑辰之所以有着血性的一面,是因为他那身飞鱼服和锦衣卫的名头,但现在她意识到自己的认知有偏差。

不是因为飞鱼服,而是因为那把看似朴实无华,却沉得她抽不出的刀。一身布衣的卢剑辰展现出了强悍的气势。他双手持刀,站在祝佳期的前方,肩背宽阔,在狭窄的后巷里就像是堵坚实的墙,挡住了她和追兵。

这下,祝佳期不得不放下怀疑。

"祝小姐。"卢剑辰压低声音,"我数三下,然后你跳到我后背上。"

"好。"祝佳期想也不想就答应了。

"一——"

他的刀划过圆月般的轨迹,劈开一道空隙。狭窄的后巷使得敌人不得不退后闪躲,卢剑辰趁着这个时机向后退了半步,然后横过刀身。

"二——"

朴刀与敌人的武器招架在一起,铿锵之声回荡在巷子里。卢剑辰的身躯因为重量而下沉几寸,但是他撑住了。

他的双手在微微颤着。

"三——"

下一刻,卢剑辰与祝佳期一起动了起来。

他猛地撤刀,往后一退,敌人扑了个空。接着祝佳期就撞到了卢剑辰的后背上,她伸出双手,死死圈住男人的脖颈。卢剑辰二话不说,一个侧身踩上巷边的货物,翻身从后墙跳了过去。

"要跑到哪儿去?"

祝佳期攀附在卢剑辰身后,她的嘴角就贴在他的耳畔。卢剑辰不太自在地侧了侧头。他很想说,他也不知道该跑到哪儿去。

祝管家奄奄一息,除了祝佳期的藏身之处,什么都没说清楚。卢剑辰根本不知道袭击的人是谁,也就无从得知哪儿算是安全的地方。

无数个地点在卢剑辰的脑海中掠过,然后定格在一个出人意料的地方。

京城的香阁向来门庭若市,一年到头,怕是也只有年末的这段日子能消停几天。

除夕夜,阁里的姑娘也是要过年的。

周童刚用过饭,避了姐妹们的虚与委蛇,正准备回房独自清净一夜时,却未料到被叫住,说锦衣卫的卢剑辰卢大人来访。

这叫周童吃了一惊。

她知道卢剑辰是沈厉炼的结拜义兄,也知道他鲜少会来这种烟花之地。突然造访,多少叫周童有些警惕:若不是有事,锦衣卫怎会在除夕夜过来?想到他与沈厉炼的关系,她更是不安。

卢剑辰态度很好。

他带着对这里环境感到不适的尴尬,却仍然客客气气地对着周童点了点头。周童行礼:"卢大人可是有事?"

谁都知道锦衣卫的沈厉炼喜欢香阁的周姑娘,他这个当大哥的还要跑过来,找上同一个女子,确实不太像话。但事发紧急,卢剑辰只得硬着头皮:"周姑娘,还请借一步说话。"

周童:"那我们可以到院落里。"

说着她迈开步子,却被卢剑辰抢先一步拦下,他压低声音:"冒昧了,周姑娘,最好到你房里去说。"

周童顿时心生不好的预感——而预感很不幸地成真了。

她推开自己的房门,原本应该空无一人的屋子却出现了一个人,一名年纪不比她大多少的姑娘。

天青袄、沙青裙,光滑的缎面上用金线绣着精致花纹,头上别着镂空的梅花钗子，每朵花心都含着一颗珠圆玉润的珍珠，衣着打扮极其富贵靓丽。

她生得也好看，面盘端庄白皙，眉目深刻，一双微挑的凤眸清明又冷淡，向来以秀丽温柔而出名的周姑娘，在她这翠绕珠围、明艳大方的模样下，竟显得有些小家子气。

那姑娘见周童和卢剑辰进门，嘴角一翘，勾起一抹颇为恶意的笑容来："我倒是没料到，卢大人嘴里'意想不到的地方'，竟然是这香阁周姑娘的闺房。"

周童：……

09

周童将一盆清澈的水放到祝佳期的面前："姑娘，擦擦灰吧。"

祝佳期没告诉她自己的名字，周童也没问。这周姑娘也是个妙人，明知他们是来躲避追杀的，仍然默不吭声地接纳了祝佳期。

或许和她的经历有关吧。祝佳期并不知道这个周童是什么身份，但这里的姑娘都是罪臣之女，不是书香门第，就是和她一样的大户小姐。

她接过周童递来的帕子："谢谢。"

藏在货物后头，她的手上和脸上的确蹭了不少灰。周童对着祝佳期笑了笑，然后将另外一块帕子递给坐在桌边的卢剑辰："卢大人，你的伤……"

"不要紧。"卢剑辰摇了摇头。

他的虎口震开了一道口子，跑路时匆忙拿布包了一包。

周童与他也不相熟，没再多言，只是嘱咐道："隔壁房间没有人，我会在那休息一晚，你们若有事，尽管找我。"

"麻烦周小姐了。"卢剑辰感激地说，"我们天亮之前就走，不会给你添任何麻烦。"

祝佳期一直在看着二人对话。周童走之前,她纤细的手指已然碰到了房门边沿,却微妙地顿了顿,扭头看向祝佳期。

那之中带着些许复杂的情绪,她看似还想多说什么,最终只是在祝佳期直接又无畏的目光下,收回了所有话语,转身离开。

房门轻轻阖上,发出微不可闻的动静,然后房间里归于寂静。

祝佳期的目光自然而然地落在卢剑辰身上,后者转身,深深地看向祝佳期:"是谁在追杀你?"

"魏公公的人。"祝佳期回答。

卢剑辰半晌没回应。

他的眼神中有几分异样的神色闪过,就像是他搁置在桌上的佩刀一样凌厉。祝佳期根本不怕他,在确认他不会回应后,便徐徐开口,将思凡转述的港口的事情告知于他。

袭击港口的人是赵公公,跟着思凡的那个流寇鼎秀还因此受了伤。祝佳期也不知道祝家何时开罪过魏公公,更没料到赵公公竟然背地里和魏公公有所联系。说实话,祝佳期心底是看不起他的,却万万没想到,因此大意了。

她转述完毕,卢剑辰沉吟片刻,突然抛出了一个叫祝佳期始料未及的问题:"你们祝家的人找过我们百户的麻烦,这事你知道吗?腊月二十的晚上,就在香阁。"

祝佳期愕然:"什么?"

卢剑辰见她这副模样,也不再追问,像是感叹也像是吃惊般低声嘀咕:"我以为你对你们祝家的事情了如指掌。"

她可从来没做到过了如指掌。把祝府和铺子打点得井然有序,可不代表祝佳期是个控制欲强的人。比如说,腊月二十那天晚上,祝拾画悄无声息地出了门。祝佳期是等到她安全归来才去歇息的,她没问拾画去做了什么,在祝佳期眼里,只要人平安回家就好。

"是拾画。"她小声说。

"你二妹？"轮到卢剑辰惊讶了，"她和百户大人有什么过节？"

祝拾画鲜少抛头露面，又是个与世无争的性子，怎么会和锦衣卫的百户有过节？就算有过节，也用不着她亲自出手，祝家有一百种法子整垮一个人，卢剑辰可是亲自体会过。

这事会与魏公公找他们麻烦有关吗？祝佳期隐隐觉得或许有所关联，但想不清楚。不过有件事祝佳期很清楚，那就是他们不是冲着自己来的，而是冲着祝家来的。

"如果是魏公公的人，"卢剑辰接着开口，语气沉重且谨慎，"那……碰见麻烦的人，可就不只是你了，祝小姐。"

祝佳期沉重地阖上了眼睛。

卢剑辰瞧她这副模样，心揪了揪，安慰的话在嘴边转了一圈，到底是没说出口。维持着一整个祝家运转，祝佳期可不是那种能够糊弄的人，她可比卢剑辰精明多了。但她到底还只是个年轻的姑娘。

烛火幽幽昏黄，她阖上眼的时候，明艳面庞总算不再那么咄咄逼人。她眉头微蹙，带了几分哀愁与担忧，卢剑辰从没见过祝佳期这番无措的模样，这也提醒着他，再霸道再不讲理，管理偌大祝家的祝大小姐，今年也不过十七岁。

他静静地看着她，揪紧的心拧成了一股莫名的力气。卢剑辰的思绪沉淀下来，他开口："你不要担心，我答应了祝管家，就一定会护好你。"

祝佳期抬眼，她侧了侧头，轻扯了一下嘴角，像是在笑，又像是挑衅："你这个人，真有意思。我欺你侮你，到头来，你却还要护着我？"

卢剑辰并不生气："不是什么大不了的事。"

他口中"不是什么大不了的事"，却足够很多人记恨一辈子，特别是男人。

人们总是把尊严和面子看得很重要，那天那么多人看到了卢剑辰下跪磕头，可他一点儿也不恨她，甚至还惦记着赔偿她。卢剑辰不要尊严和面子吗？

他坐在桌边，腰杆挺得笔直，笔直的男人怎么会不要面子？

"你答应了祝管家，"于是祝佳期同样走到了桌边，坐了下来。她裙角下的膝盖与卢剑辰的相碰，后者触电般躲开了，"那你答应时可曾想过，若我家破人亡，你还能护我到什么时候？"

"这都什么话，你——"

"魏公公有什么手段，你比我清楚。"

卢剑辰顿时不说话了。

那一刻他的神情很复杂，但说出的话却非常坚决："护不了就逃。只要祝小姐你不嫌弃，我可以带你离开京城，到南方去。苦着活，总比就地死强。"

"你的母亲呢？"

"刚好我母亲没看过海，带她一起。"

"那你的前途呢？费尽心思，就想着升个百户。结果为了一个女人，就放弃了一切，值得吗？"

又是一段沉默。

她精致的脸上浮现出几分明亮的色彩："卢剑辰，你是不是喜欢我？"

卢剑辰：……

他的反应就像是被祝佳期捅了一刀，他当即从凳子上站了起来，保持着一个安全的距离，好似害怕她还会咬人一样。

"你一个姑娘家，"卢剑辰无奈道，"怎么那么大胆？"

"是或不是？"祝佳期不依不饶。

"这与喜……不喜欢没关系。"

"是或不是？"

卢剑辰攥了攥拳头，他好像有点生气了。真稀罕，她逼他下跪时他都没生过气。男人沉默了很久，最终隐忍的怒火化成了决然。

"祝小姐。"他开口，"卢某高攀不起，自会把这点心思埋到土里，麻烦不到你。也请你不要拿我取乐。"

"那你就是喜欢我。"

"是又怎样？"

这下，祝佳期真的笑出了声。

不带嘲讽，更不轻蔑。她很少会流露出这番单纯的笑容，祝佳期微微颔首："你过来。"

卢剑辰走向前。

祝佳期："坐下说话。"

他从了她的话，重新坐到了桌边上。祝佳期稍稍前倾身体，托着腮，拉近了与他的距离："你可曾记得你下跪那日说过什么话？你说，我要是找什么乐子，就冲着你一个人来。"

卢剑辰脸色一变，但就在他还想说什么的时候，祝佳期抢了先。

她红润饱满的唇落在了男人的唇上，大家小姐并不知道如何去吻，她的嘴唇只是贴着他，湿润温暖，轻轻啄过，却足以说明了一切。

受到突袭的卢剑辰就像块木头般呆在了原地，他震惊地看向祝佳期，后者直白地望回去，呼吸交错，她凤眸里倒映着他清晰的色彩。

"我不跟别人找乐子，"她笑吟吟地说，"你可得受着点。"

"祝小姐你……"

"我什么我？"

卢剑辰想问，你到底是什么意思？这个乐子是单纯的指乐子，还是像卢剑辰想的那样别有意义？但祝佳期没有给他追问的机会，她站了起来，娇俏灵动的笑意宛若幻觉般消失不见。

祝佳期拿起周童给她的帕子，擦了擦手，继而开口："既然赵公公是魏公公指派的，那我有法子了。"

祝家这事，从一开始就没顺过。

大年初二夜。

赵公公解开伤口上的绷带，独自一人换药，想到这阵子以来出的差错，免不了糟心。

港口那会儿，就一时大意，叫祝家的人跑了不说，还险些露了尾巴。眼下领了魏公公的号令，"设计不成，那就直接把祝家清理干净"。可谁会想到除夕夜的时候，除了祝鹤龄之外，祝府空空荡荡的。祝家的三个小姐都不在，她们的行踪追查起来也麻烦，这可是个巨大的隐患。

年是注定过不好了，他得尽快想出个解决的法子来。

"谁？！"

赵公公猛然站起来，他推开房门，门外果然有人。

一个男人站在院落里，身着布衣，佩刀未出鞘，握在手上。在看到赵公公后，他客客气气地行了个礼："赵公公，大晚上打搅了，有要事和你说。"

赵公公认识他，北镇抚司的卢剑辰，知道他的名字还是因为听闻祝家大小姐和他有所纠葛。赵公公在夜色之下打量了他一番，也没瞧出个所以然来。

不过是个毫无特色的普通人，不知道他怎么就入了祝家小姐的眼。

"什么事？"赵公公不冷不淡地问。

"祝家大小姐的事。"卢剑辰回应，"方便私下说吗，赵公公？"

赵公公眯了眯眼。

他思忖片刻，最终开口："进来。"

要说谁可能会有祝佳期的消息，那也就只有卢剑辰了。他还是个锦衣卫，想拿来讨好他也是正常的，想通了这点，赵公公把卢剑辰请到屋里去。他关上门，然而就在准备押锁的一瞬间，一把刀横在了他的脖颈之前。赵公公的动作立刻停了下来。

"赵公公，得罪了。"卢剑辰的刀刃紧紧贴着他的皮肤，话虽这么说，可没见人有多愧疚，"受人之托，不得不这么干。"

"你受谁之托？"赵公公问。

"我。"

门外响起一个干脆利落的女声，接着门开了。

赵公公最想见的那个人就站在他的面前。

祝佳期风尘仆仆，却还是那副冷淡又礼貌的模样。在看到赵公公的面容时，她勾起嘴角，规规矩矩地行了个礼："赵公公想必寻我多时了。"

赵公公冷笑一声："祝大小姐，你这是寻仇来了？"

祝佳期也不着急，她踏进屋里，给房门落锁后，才转身回答："哪儿的话，佳期是个生意人，特地赶来，是想和赵公公谈笔买卖。"

"什么买卖？"

"买一个人的性命。"

"谁的？"

"魏公公。"

屋子里瞬间寂静得连呼吸声都显得极其多余。

半响过后，赵公公不动声色地打破沉默："这个京城里，有很多人都想要魏公公的性命。可谁也找不着他。"

祝佳期侧了侧头，漫不经心地往赵公公的屋里环视一周，连虚与委蛇的耐心都没有："咱们直说吧，赵公公。这么多年来祝家一直安安稳稳，就因为行事向来顺着当今圣上的心思，圣上现在可是想要魏公公死。"

赵公公冷笑几声："祝大小姐，你怕是不清楚，你的爹爹已经死在魏公公的人刀下了吧？"

卢剑辰注意到祝佳期身侧的袖摆动了动，仿佛是蜷了蜷手指，但她的表情没有任何变化。

"我爹爹只是祝家的其中一人。"她说道，"这么大的家业，赵公公不会以为我爹没了，就会垮了吧？"

的确是这个理。

京城人人都说，祝鹤龄没有儿子，妻子死后也不肯续弦，怕是要绝了后。但他们，包括赵公公都差点忘记，这些年来祝佳期做的事情可不比任何一个"儿子"能做的少。早在几年前及笄的时候，她就接过了祝家在京城的全部事务。至于其他的，还有祝家的族人呢，又不是只有祝鹤龄一支。而祝佳期则依然会是稳立于京城，最有钱权的继承人。

"赵公公你是明白人。"祝佳期继续缓缓说道，"魏公公能给你的东西，祝家能给，魏公公不能给的，祝家也能给。"

自始至终卢剑辰都没说话。他举着刀，刀刃横在赵公公的脖子前，保证只要赵公公动了别的心思，就会人头落地。

但卢剑辰知道，当祝佳期把这话说出口时，他的刀就不会伤到赵公公。同时他也知道，也不是谁都能说出祝佳期的那番话来的。

祝家老爷祝鹤龄死于刺杀，府中上上下下，没留任何活口。唯独祝家三位小姐因不在府上幸免于难，却不知所终。赵公公就是其中指使之一，而祝佳期想出的法子，就是用重利策反他，去对付真正的罪魁祸首。

有几个人愿意与敌人联手？卢剑辰自问他办不到，但显然，祝佳期办得到。

站在赵公公和卢剑辰的刀面前的，不过是一个十七岁的姑娘，面容艳丽，身态婀娜，再标准不过的平常小姐，可她那双无所畏惧的眼睛和昂起的头却无论如何也说不上"平常"。

第一次见面时卢剑辰就记住了她这双眼睛。

现在也是。

"如何？我可以给你两天的时间考虑。"她见赵公公不开口，既不着急也不紧逼，反而瞥了卢剑辰一眼，后者松了松刀柄，"两天之后，我再过来。"

"不用了。"

赵公公是个明白人。

他看着卢剑辰收刀，沉重的朴刀铿锵入鞘，赵公公做出了回应："你有什么打算？"

回应他的是祝佳期灿烂的笑容。

她福了福身子,娇声说:"佳期在此先谢过公公赏脸了。"

11

除夕夜过后,所有人都以为祝家完了。

祝鹤龄遇刺,祝府上上下下百余口人无一幸免,三位小姐不知所终。祝家世世代代倾注心血的基业,仿佛在一夜之后轰然倾塌。

但就在年初五的时候,祝佳期突然出现。

她一身素白,面目苍白,手提着一个沉甸甸的黑盒子步入了北镇抚司。当差的大人大吃一惊,他接过祝佳期手中的盒子,打开一看,惊得险些跌到地上去。

盒子里装着的是魏公公的人头。

此事一出,京城一片哗然,连当今圣上都听闻了消息。正月初六,民女祝佳期入宫,控诉魏公公欺上瞒下,陷害祝家。不仅祝家老爷祝鹤龄死于刺杀,连她那年轻的继妹也死于阉党的刀剑之下。若不是赵公公早早看破了魏公公的阴谋,骗取他的信任再伺机反杀,连她一个孱弱的女子也保不下。

圣上极为震怒,对赵公公的忍辱负重做了褒奖,并许诺祝佳期一切照旧,再不会有阉党侵扰祝家。天子还为祝家早夭的二妹正了名——祝佳期万万没想到,祝家的一切灾难,竟然是由二妹这个别人口中的"祝老爷外室所生之女"引起的。

她不是外室生的,她是清清白白的大户小姐,多年前全家因魏公公的污蔑而受害。唯独拾画,被父母的故人祝鹤龄悄悄地带回了京城。

所有人都劝祝佳期节哀。

可祝佳期没觉得有什么值得悲哀的,既然爹爹选择冒险,他早该料到这个结局才是。面对着空空荡荡的祝府,祝佳期还是那副仿佛漫不经心的表情。

正月十六，祝佳期的别苑。

依旧是由那崔嵬峻石环绕的活水，依旧是那张扬的红顶水榭。卢剑辰踏进别苑前，刚好瞧见了祝管家，重伤初愈的管家瞧见他恭恭敬敬地行了个礼，不复往日的轻蔑和疏离。卢剑辰客气地询问他的伤势如何，祝管家只是笑，然后说，大小姐等候多时了。

祝佳期处理完了所有事情。

丧礼，爹爹的棺椁挨着娘的，然后是拾画的。那个锦衣卫沈厉炼说，拾画临死前说想回家。祝佳期看了他很久很久，"你哪儿来的资格对我说拾画想要什么"这样的话几乎脱口，但她还是忍住了。

她请沈厉炼把拾画送回了苏州老家。

琐事，重新买卖奴仆，雇佣管事和家丁，然后派遣下人出城散发消息，寻找祝思凡的下落——她留了封信给祝佳期，然后离开了祝府，至今没有音信。

但祝佳期不担心，思凡爱往外跑，她总会回来的，她的家就在这儿。

还有那些虎视眈眈盯着京城的分家们。

祝佳期有圣上作保，用雷霆手段压下了所有蠢蠢欲动的人。很难想象她是如何做到的，卢剑辰家境贫寒，也从未体会过，他只知道这事就如同当时祝佳期说与自己"再无牵扯"一样，石子落尽水里，溅了点水花，再无声息。

卢剑辰停在水榭前，看向祝佳期。她一袭白裙，在红亭当中就像是昔日化了的冰雪，听闻脚步声，她扭过头来，直接开口："论功行赏，本应有你的一份。"

她指的是在当今圣上面前。要不是卢剑辰，那群追兵赶来，祝佳期的命肯定不保。

但就在祝佳期去面圣的前一天，卢剑辰对她说，不用提起他做过什么。祝佳期无法理解，因为他的确做了，还做得很多。卢剑辰庸碌了一辈子，连升个百户都要愁上一愁，总算有了飞黄腾达的机会，他怎就停步不前了？

他摇了摇头："我帮你不是图谋名利。"

祝佳期："我知道，但你应该得到一份回报。"

卢剑辰却不为所动，他的神态平静，反而问道："什么是应得的？高官厚禄，锦绣前途，卢某图谋不起，也从来没想过。"

祝佳期眉梢一挑。她像是听懂了，也像是察觉到了，祝佳期一双明亮的眼眸直白大胆地看向他："所以你还是有所图谋，你图什么？"

言下之意，祝家什么都能给你。

但卢剑辰没说话。

他仅仅是伫立在水榭前，男人瘦削且高挑。他还是那身玄色的飞鱼服，一如初次到祝府赔礼道歉那样。他站在那儿，就像是棵笔直的树，看上去毫不起眼，可祝佳期知道，没几个人能够动摇他。

卢剑辰未发一言。

可祝佳期却懂了。

立于红亭中的素服少女勾起一抹几不可闻的笑容。

"我知道了。"她的音色清澈婉转，就像是停留在雪地上的燕雀，"你图谋的是我，所以你不敢开口，是吗？"

卢剑辰的表情稍微动了动，最终他还是躲开了祝佳期的目光，就像之前的每一次一样。

祝佳期再次背过身去："你走吧。"

她的话里带着挥散不尽的疲惫。卢剑辰几欲开口，但望着祝佳期挺直的脊梁，最终什么都没说出来。

他顺着她的意思，转过身，踏出水榭一步，可第二步却无论如何也迈不出去。卢剑辰在原地站了很久很久，直到他逐渐地回过味来。

卢剑辰转过身："祝小——"

后面的话，在祝佳期倒下之时戛然而止。

卢剑辰吃了一惊，几乎想也没想，一个箭步便跨到祝佳期面前，接住了险些摔在地上的祝佳期。她撞进了他的怀里，一张俏脸苍白且痛苦，她双目紧闭，眉头微微蹙着。

卢剑辰的心揪了起来："祝小姐？祝小姐！"

祝家大小姐竟然会倒下，卢剑辰从没想过。

面对杀手时她不曾退缩，操办丧礼时也无动于衷，甚至是族人刁难时她也毫不在乎。卢剑辰有时候在想，旁人的尊严她不放在眼里，连亲人的离去也不会难过，或许她真的不在乎。

但现在她倒下了。

"祝小姐，你没事吧？"卢剑辰轻轻晃了晃怀里的姑娘，她深吸了口气，然后慢慢地睁开眼。

四目相对的一刻，还未等卢剑辰逃开，她就伸出了双手。

祝佳期紧紧地抱住了他，她冰冷柔软的指尖触及他的皮肤，幽幽的体香环绕着他的鼻腔。卢剑辰进也不是，退也不是，顿时僵在原地，连指头都不敢动上一动。她的脸颊贴在他的肩膀上，祝佳期满足地叹了口气。

"我让你走，你就走？"她说，"你可知道，今日你一旦离开祝府，就再也不会有到访的机会了？"

卢剑辰沉默片刻："我知道。"

祝佳期："那你可会后悔？"

"会。"

"会还走。"她还是那样带着轻蔑的口气，"你是不是傻瓜？"

他没回答。

他们就保持着这个姿势很久，久到祝佳期仿佛枕着他宽阔的肩膀睡着了。就在卢剑辰以为她不会再开口的时候，祝佳期用很轻很轻的声音，不知是自语还是讲述般说道："我娘是江南大家的小姐，和爹爹自幼相识。娘平日最喜欢听曲儿，所以爹给我起名佳期，妹妹叫思凡。没料爹爹带回来的继女，也是曲名，真是巧了，她叫拾画。"

　　祝佳期话音落下，紧接着尾音微微一扬，用她清脆的声音哼出了不太成调的曲子。

　　"则见风月暗消磨

　　画墙西正南侧左

　　苍苔滑擦

　　倚逗著断垣低垛——"

　　呼吸可闻，肌肤相贴，她的声音回荡在卢剑辰的耳畔，他在静静听着。最终他总算是想起了那快要冻僵的手该如何行动。

　　卢剑辰抬手，宽大的手掌落在了祝佳期的手背上。他把她往怀里拢了拢，全然不顾二人一直跪在冰冷的地上。他找到了她那咄咄逼人的眼睛："那我若是不走，你可愿意？"

　　轮到祝佳期躲开他的眼神了。她没回答，但已经给了他答案。

12

　　三年之后。

　　祝老爷头七过了没多久的时候，祝家旁支虎视眈眈的族人，就有以祝佳期和祝思凡到底要嫁人为由，想接过京城家业。当时的祝佳期说，要为爹爹守孝三年，不冷不热地打消了他们的念头。

　　守孝三年，那祝佳期可就二十岁了。二十岁仍未嫁人，坊间风言风语，什么难听的话都有。好在祝佳期飞扬跋扈的名声在外，还没多少人敢在她的面前指手画脚。

　　直到守孝期过了，祝家宣布了一条震惊京城的大消息。祝家大小姐祝佳期择日大婚，入赘的正是几年前狠狠得罪过她的锦衣卫。

　　这件事在京城又是掀起了好一阵议论，特别是传到北镇抚司后，几乎是所有人都愣了愣才反应过来——让祝大小姐青眼有加的，竟然是卢剑辰。

家境贫寒，也不会阿谀奉承玲珑做人，若不是得了赵公公提点，连个百户都升不上去，到底是凭了什么，能换得祝家的赏识？

素来低调的卢剑辰，突然成了话题的焦点。

大婚前一天。

卢剑辰结束了一天的差事，到了祝府。

倒插门这种事，对个男人来讲，着实不算光彩。但能和祝佳期门当户对的男人，整个京城都屈指可数。卢剑辰心中有数，他也从没想过祝佳期能下嫁，毕竟整个祝家的担子，都扛在祝佳期的肩上。

如今祝府的下人，都是在三年前除夕之夜祝佳期亲自雇佣的，见了卢剑辰那叫一个恭敬。他拦下个管事，问询祝佳期的位置，却得到了一个意外的答案。

她在祝思凡的别苑里，而祝家三小姐思凡，已经三年未曾回来过了，莫不是……她那个古灵精怪的三妹，为了赶大姐的婚期，回了家？

于是当卢剑辰找到祝佳期的时候，看到的就是这幅诡异的画面。

祝佳期一袭章丹长裙，伫立在别苑刚抽芽的淡淡绿意中格外的显眼。但卢剑辰的注意力没放在祝佳期身上，而是看向了骑在墙头上，进退两难的那位姑娘。

卢剑辰瞧着她，她也瞧见了卢剑辰。她灵动的双眸蓦然一亮，挺直身板："啊，姐夫！"

祝佳期：……

三年不见，祝思凡长开了不少，但思凡还是那个思凡，鬼灵精怪，一双机灵的眼睛骨碌碌一转，不知道想到了什么，对着祝佳期露出了讨好的神情："姐，你怎么到我这儿来了呀？"

祝佳期侧头瞥了卢剑辰一眼，继而对还挂在墙上的祝思凡开口："好好的门不走，翻墙做什么？祝家还能不让你进门不成？"

祝思凡只是笑，也不回话。

祝佳期见她灿烂笑脸，顿时也绷不住了，勾起嘴角："傻瓜，还不快下来？"

得了令的祝思凡，灵巧地一个翻身落地。祝佳期仔仔细细地打量了她一番：不仅长高了，变好看了，身手也是长进不少。

看到她过得不错，祝佳期也就暗自放下了心。

"我唤人拿热水过来。"她温言说，"你好好梳理休息一番，我晚上再来找你说话。"

"不着急。"祝思凡笑嘻嘻地说，"你和姐夫先忙你们的！"

祝佳期瞪了思凡一眼，却没多说什么。

"晌午的时候我把老太太接到了府上。"

待到只有祝佳期和卢剑辰二人时，她正经说道。突如其来的话题让卢剑辰一愣，随即才明白过来，祝佳期指的是他的母亲。

"母亲这么大年纪了，"祝佳期解释，"免得明日匆忙去接，折腾。"

"你安排就好。"对此卢剑辰倒没什么意见。

祝佳期眉心一蹙："这话说得倒是轻巧。"

卢剑辰只笑，也不回话。

祝佳期也不愿拿这些琐事劳烦他，他在北镇抚司的差事就够多了。但婚礼到底是两个人的事情，一看到他怎样都好的模样，又免不了顺不来气："好歹你是新郎官。"

见她生气了，卢剑辰才开口："祝小姐——"

"还叫祝小姐？"

他一怔，表情讪讪，挂着笑容，不急不缓地吐出了从未喊过的称呼："……佳期。"

祝佳期看他这副模样，内心欢喜，表面上却止不住抱怨："我怎么就看上了你这个呆子？"

"现在后悔，"卢剑辰故作正色，"怕是稍微晚了。"

"你走吧，反正琐事我都料理完了，没什么需要你的地方。"

她转身，看也不看他。但卢剑辰这次学会了，他动也不动，只是站在原地。

二人之间一时间陷入沉默，但片刻之后，是祝佳期先回过头来，她明亮的凤眸闪了闪，然后向前迈了一步，撞进卢剑辰的怀里。

她一双素手攀在男人有力的腰背上，明艳的脸埋进他的肩膀。卢剑辰顿时失笑，他轻轻碰了碰祝佳期的肩膀："为人处世，你比我强。"

"我本就比你强。"这毫不让步的话语，在她的脸颊蹭过他的肩侧时，显得没平日那么的咄咄逼人。

怀中香温玉软，安静的氛围中好像连祝佳期那不依不饶的架势都柔和了几分。可在这节骨眼上，卢剑辰却恍然想到了什么，禁不住失笑出声。

"你笑什么？"祝佳期抬头。

卢剑辰摇了摇头。

他还是挂着笑容，只是说道："当时明明是说过，只要我正经赔礼，你我之间就撇清关系，再不相干。"

可明日就是他们大婚的日子，怎么也称不上是"撇清干系"。

祝佳期闻言，她踮了踮脚尖，凑到卢剑辰的面前，一双凤眸里尽是得意。

呼吸交错，离得那么近，卢剑辰甚至能看清祝佳期眼底自己的影子。她扬了扬嘴角，挑衅般说道："那你可曾听闻，得罪了我的人，全家都跑不了？"

END

图书在版编目(CIP)数据

真相是真.4/西皮主编.
—武汉:长江出版社,2020.11
ISBN 978-7-5492-7445-1

Ⅰ.①真… Ⅱ.①西… Ⅲ.①短篇小说-小说集-中国-当代 Ⅳ.①I247.7

中国版本图书馆CIP数据核字(2020)第232100号

本书经西皮委托天津漫娱图书有限公司正式授权长江出版社,在中国大陆地区独家出版中文简体版本。未经书面同意,不得以任何形式转载和使用。

真相是真.4 / 西皮主编

出　　版	长江出版社
	(武汉市解放大道1863号 邮政编码:430010)
选题策划	漫娱　李苗苗
市场发行	长江出版社发行部
网　　址	http://www.cjpress.com.cn
责任编辑	陈　辉
总 编 辑	熊　嵩
执行总编	罗晓琴
特约编辑	熊　璐
画　　手	湮挽　斯琪琪琪
装帧设计	肖亦冰　刘童昕
印　　刷	恒美印务(广州)有限公司
版　　次	2020年11月第1版
印　　次	2021年1月第1次印刷
开　　本	880mm×1230mm 1/32
印　　张	7
字　　数	220千字
书　　号	ISBN 978-7-5492-7445-1
定　　价	42.00元

版权所有,翻版必究。如有质量问题,请联系本社退换。
电话:027-82926557(总编室)　027-82926806(市场营销部)

扫码关注真相是真官方微博